目次

婚約破棄してきた強引御曹司に
なぜか溺愛されてます

1　拝啓、あしながおじさま

あしながおじさまへ
おじさま、こんにちは。
私は今、この文章をニューヨークの空港ラウンジで書いています。
早いもので、私がアメリカに来て四年、おじさまと知り合ってからは既《すで》に六年近くの月日が経ったのですね——

そこまで文章を打ち込んだところで、白石雛子《しらいしひなこ》はパソコン画面から顔を上げた。

今日は快晴だ。窓際の丸テーブルの席からは、飛び立つ飛行機の様子がよく見える。

キラリと光って真っ青な空に消えていく機体を見送りながら、雛子はその先にある日本を思った。

——おじさま、やっとお会いできるんですね。

二十二歳、夏。ニューヨーク州マンハッタンにある大学での留学生活を終え、これから日本に帰国する。

六年前、すべてを失い失意のどん底にいた雛子に希望を与え、支え続けてくれた大切な人、〝あしながおじさま〞の秘書となり、彼に恩返しをするために。

平日午前中のセネターラウンジは、人がまばらでとても静かだ。

雛子のようにパソコンに向かっているもの、アルコールを飲んで寛《くつろ》いでいるもの。皆それぞれの方法で搭乗までの待ち時間を過ごしている。

ゆるくウェーブのかかった背中までの長さのブラウンヘアーを、雛子は手で掻《か》き上《あ》げた。

少女が好む着せ替え人形に似ているとよく言われるこの顔は、外国人の興味をひくのか、大学では男子学生からたびたび声をかけられていた。

いつも彼らとの壁になってくれていた親友が、『ヒナコはおっとりしてるから、日本に着くまでに誘拐されないようにね』と本気で心配していたけれど……

――ふふっ、そんな心配はないわよね。

なにしろ今いる場所は、ファーストクラス専用の高級ラウンジ。

不審人物は入れないので、搭乗までの待ち時間をゆったりと過ごしていられるはず……だった。

今のうちにおじさまへのメールを送ってしまおうと、パソコンに視線を戻したその時、カタンと向かい側の椅子に誰かが座った気配がする。

――えっ、混んでるわけでもないのに、どうして？

わざわざ相席をする必要もないのにと顔を上げた途端、雛子は目を見開き固まった。

「うそ……なんで？」

――どうしてこの人がここにいるの？

思わずワンピースの胸元をギュッと握り込む。その指先が震えているのが、自分でもわかった。

「ヒナ、久しぶり」

「朝哉《ともや》……」

「まだ覚えてくれてたんだな。もしかしたら俺の顔なんて忘れられてるかもって思ってた」

くっきり二重《ふたえ》に色素の薄い茶色い瞳、高い鼻梁《びりょう》と薄い唇。明るかった髪色は黒くなっているけれど、目の前にある怖いほど整った顔はあの頃のままで……

——忘れてなんかいない。忘れるはずがない。

だってこの人は……

黒瀬《くろせ》朝哉。六年前、婚約者だった自分をあっさりと捨てた男性。

かつて雛子が誰よりも愛し、今は誰よりも憎んでいる相手なのだから。

＊

高校一年生だった十五歳の冬。雛子は医療機器メーカー『白石《しらいし》メディカ』社長であった父、宗介《そうすけ》のパートナーとして地元の経済人と医療関係者が集うパーティーに出席した。

雛子の母親は彼女が小学校五年生の時に乳癌《にゅうがん》で亡くなっている。宗介はその後も再婚せず、家政婦の助けを借りて、雛子と父娘二人での暮らしを続けていた。

これまで大抵のパーティーには宗介だけで参加していて、どうしてもパートナーが必要な場合は秘書を伴っていたのだが、この年高校生になったことで、雛子は初めてパートナー役を仰《おお》せつかる。

そこで当時二十歳の大学生だった、クインパスグループ御曹司の黒瀬朝哉と出会ったのだ。

モデルみたいな高身長に、やや光沢のある黒い細身のスーツをまとっている。ダークブラウンのミディアムヘアーは毛先を無造作に跳ねさせているのがオシャレで、キラキラの笑顔が王子様みたいで。

そんな彼は、実は自分は雛子の見合い相手だと言った。親の会社同士で業務提携の話が出ていて、お見合い後に婚約する手筈《てはず》になっている。だけど雛子を気に入ったからお見合いをとばして、すぐ付き合おう……と突然せまられたのだ。驚くに決まってる。

朝哉は強引で、そしてとても魅力的だった。

「確かに俺たちは今、知り合ったばかりだ。それでも俺はパーティーが始まってからずっと君を見ていて『いいな』って思ったし、話してみたらますます気に入った。これからもっと好きになると思う」

この美しい男性にそんなふうに言われて心が動かない女子がいるだろうか。

中高一貫の女子校育ちで父親以外の男性に免疫のない雛子が恋に落ちたのは、あっという間だった。

「朝哉さん……私もこれからあなたのことを好きになるような気がします。よろしくお願いします」

「ハハッ、これから……か。それじゃ、ちゃんと好きになってもらえるように頑張るよ」

こんなふうに始まった二人の恋は、とても順調だった。と、今でも雛子は思う。

朝哉は言葉や態度で惜しみなく愛情を伝えてくれたし、元々が親公認だから話が早い。

翌年三月三日の雛子の誕生日には、朝哉と両親が秘書を伴って白石家を訪れ、四月の朝哉の誕生パーティーで婚約発表すると決めていた。

その時、両親を居間に残して二階の雛子の部屋に入った朝哉は、「本番はパーティーでだけど、俺の中ではもうヒナは婚約者だから」とスーツのポケットから小箱を取り出し、二カラットの指輪を雛子の薬指にそっとはめる。

雛子が左手をかざすと、窓から差し込む光を反射してキラキラと輝いた。

そして朝哉が優しく抱きしめキスしてくれて――

「正式に婚約したら……俺、ヒナを抱くよ」

「初心者なので……よろしくお願いします」

「俺も初心者だし」

「えっ、嘘っ！」

「本当。本番までに予習しておくよ。ふはっ、めっちゃ楽しみ」

明るい未来に思いを馳《は》せていたこの瞬間が、雛子にとって最高で、そして最後の幸福な時間となる。

そんな雛子に悲劇が突然訪れた。

四月の大安吉日、朝哉の二十一歳の誕生祝いと婚約者となる雛子のお披露目を兼ねたパーティー当日。その会場に、雛子は行かれなかった。

父、宗介が心筋梗塞《しんきんこうそく》で突然死したのだ。

まさしく天国から地獄。

そこから雛子を取り巻く環境が目まぐるしく変わる。悪いほうに。

まず、叔父の大介《だいすけ》が宗介の跡を継いで白石メディカの社長となり、雛子が住む世田谷《せたがや》の邸宅に家族揃《そろ》って引っ越してきた。

白石メディカの製造部門である白石工業を任されていた大介は、それまで工場のある埼玉《さいたま》県に住んでいたのだが、そちらの家は売りに出したという。

雛子の居場所は二階の自分の部屋だけで、他はすべて大介一家のものとなった。

宗介が使っていた主寝室を大介と妻の恭子《きょうこ》が使い、書斎には大介の持ち込んだパソコンが置かれる。

半地下のオーディオルームが長男である大地《だいち》の部屋で、一階のゲストルームが大地の妹の麗良《れいら》の部屋だ。

麗良は雛子と同い年だったが、当時雛子が通っていた中高一貫の女子高には編入できなかったらしく、寄付金が高いことで有名な別の私立高校に通うこととなった。

彼女は幼い頃から雛子をライバル視して嫌っているふしがあったものの、それでも従姉《いとこ》だ。同じ家に住んでいれば、いずれ姉妹か親友のようになれるかも……と雛子は考えていた。だが、それは麗良の「あなたと朝哉様じゃつり合わない！　彼は白石メディカの令嬢と結婚したいんだから私のものなの！」という言葉で、早々に無理だと悟らされる。

長男の大地は通っていた大学を前年に中退したそうで、今は何をしているのかよくわからない。食事の時には部屋から出てくるものの、それ以外は基本的に部屋にいるようだ。時々オーディオルームから大音量で銃撃戦らしき音が聞こえてくるから、ゲームでもしているのかもしれない。

そんな彼は、「雛子ちゃんは可愛いね。ゲームをしたい時はいつでも言って。教えてあげるから」、「僕の部屋におやつが沢山《たくさん》あるよ。遊びにこない？」などと、誘ってくる。

雛子はゲームに興味がないし、朝哉以外の男性と二人きりになるのを避けて断っていたけれど、家の中で唯一好意的に話しかけてくれる彼のことは嫌いではなかった。

だが、それ以外は困ったことばかりだ。

彼らが引っ越してきた翌日からデパートの外商がひっきりなしに家を訪れ、派手な絵画や家具が次々と運び込まれてくる。

「私の下手《へた》くそな料理じゃ雛子さんのお口に合わないだろうから～」

そう言って以前から雛子がお世話になっていた通いの家政婦の木村《きむら》さんに家事一切を丸投げしていた恭子は、目つきが気に入らないと彼女を辞めさせてしまったのだ。

「ううっ……雛子さんがこんな目に遭《あ》うなんて、宗介様もさぞかし無念でしょうに」

そう木村さんが泣いて悔しがってくれたけれど、どうしようもない。優しかった父はもういないのだ。

キッチンにはインスタント食品やスナック菓子が乱雑に置かれ、冷蔵庫には缶ビールが並ぶ。

徐々に荒れていく家の様子に心を痛めながらも、未成年の雛子にできることは「私にすべて任せておけばいいからね」と言う大介と弁護士が出す書類に、次々とサインすることだけだった。

——仕方ない……わよね。

そんな叔父一家が引っ越してきて一週間後。雛子は叔父と叔母からリビングに呼ばれる。

父が愛用していた大理石のセンターテーブルには、パンフレットと契約書らしきものが置かれていた。

「雛子、実はね……」

チラチラと顔色をうかがうようにして口ごもる大介に痺《しび》れを切らしたのか、恭子がズイッとパンフレットを押し出す。

「あのね、雛子さん、あなたには学校の寮に入ってもらおうと思うの」

「えっ……」

「ほら、私たちと一緒にいたら気詰まりだろうし、寮のほうが気楽でしょ」

「でも、この家は……」

——お父さんとお母さんと暮らした大切な場所なのに。

「寮に入るのだってタダじゃないんだし、手続きとか面倒なのよ。だけど、あなたのためを思ってお金と労力をかけるって言ってるの。何か不満がある？」

強い口調で迫られて、何も言い返すことができない。

「……いいえ」

やっとのことで言葉を絞り出すと、雛子は揃《そろ》えた足の上でギュッとスカートの布地を握りしめる。

たった一週間で、どうしてこうなってしまったのか……

本当なら今頃、朝哉の婚約者として幸せを噛みしめているはずだった。

左手の薬指には指輪がきらめいているはずだった。

自分の向かい側には父親が座り、優しく微笑《ほほえ》んでいるはずだった。

――お父さん、私、どうしたらいいの？

その問いに答えてくれる人は、もうここにはいない。

自分で決めるしかないのだ。

いいや、もう答えは決まっている。十六歳の自分に逆らうすべはないのだから。

「……わかりました。寮に入ります」

雛子は目の前の契約書にサインをして恭子に渡す。

部屋に戻ろうと背を向けると、「部屋の荷物は綺麗に整理していってね。あの部屋は麗良が使うから」と言われ、言葉も出なかった。

スーツケースと段ボール箱に荷物を詰め込みながら、沢山《たくさん》の思い出がつまった部屋に別れを告げる。

その後、雛子から入寮の件を知らされた朝哉は自分のことのように怒りをあらわにし、彼がその当時住んでいたマンションに一緒に住もうと言ってくれた。

だけど二人はまだ正式な婚約者ではなく、朝哉のマンションがある横浜から高校に通うのも難しい。

それに今の雛子の保護者は大介夫妻だ。彼らに行き先を告げないわけにはいかないだろう。そうなると、麗良の耳に入り、恋する朝哉と雛子が一緒に住むなど、反対するに決まっている。

『――そうか、ヒナが高校を卒業するまでのしんぼうだな。寮に行く日が決まったら教えて。俺が手伝うから』

電話口でそう言ってくれた朝哉だったが、実際に引っ越しを手伝ってもらうことはできなかった。予定よりも早く雛子が寮に入ってしまったから。

忌引《きび》きが明けて学校に行った雛子は、授業が終わると同時に寮長に呼び止められ、そのまま寮に案内されてしまう。

部屋には既《すで》に自宅の部屋から運びだされた段ボール箱とスーツケースが置かれていた。

悲しいとか悔しいとかよりも驚きのほうが大きくて、雛子は泣くことさえ忘れて立ち尽くす。

愕然《がくぜん》としたものの、しばらくして、あのままあの家にいるよりはこうなってよかったのかも……と考え直し、前向きに頑張ろうと決めた。

――大丈夫。高校を卒業すれば、朝哉がここから連れ出してくれるんだから……

そうして、週末の短い自由時間に外出し朝哉と束の間のデートを重ねる。それだけが雛子の唯一の楽しみとなった。

朝哉も忙しい合間をぬい、ほんの数時間会うためだけに横浜から車を走らせてくれる。

そんな形で交際が続いていたある日。

『ヒナ、話があるんだ、明日会えないか？』

そう電話で呼び出された。

「もちろん！　会いたい」

八月最初の土曜日。朝哉の言葉に雛子は顔を輝かせる。

暑さのピークが近づくにつれて、朝哉と会えない日が増えていたのだ。

『ごめん、大学の勉強が忙しくてさ』

『悪いんだけど、父さんと約束があるんだ』

『来週も無理っぽい。ごめんな』

そんな台詞《せりふ》ばかり聞いていた。

たまに会いに来ても一時間ほど近所でお茶をするだけだったり、スーツ姿で現れて雛子の顔を見るだけで二分で帰っていったり。

それでも会えば強く抱きしめてくれるし、別れ際には熱いキスをして離れがたそうに門の向こう側からずっと手を振ってくれる。

忙しいのに会いにきてくれるだけでも嬉しいと思わなきゃ……そう思いながらも寂しさを感じていたのだ。

だから予想外に恋人に会えることになって、雛子は胸をワクワクさせながら朝を迎えた。

車で迎えにきた朝哉は、ネイビーのサマースーツに白いVネックシャツを合わせたセミフォーマル。

一方、雛子が着たのはウエストをリボンで絞った濃紺のシフォンドレスだった。そう、初めて朝哉と出会ったパーティーで着ていたものだ。

あのパーティー以来着る機会がなかったが、今日は朝哉にリクエストされたため、クローゼットから引っ張り出した。

――わざわざ色を合わせたセミフォーマルってことは、それなりにお洒落《しゃれ》なお店に行くのかな？

そんな予想をしている雛子を乗せた車が停まったのは、高級ホテルの地下駐車場だ。朝哉に聞くまでもなく、どこなのかすぐに気づく。

「ここってあのホテル⁉」

「うん、そう……行こう」

そこは二人が出会ったパーティー会場がある思い出のホテル、その最上階のラウンジでアフタヌーンティーをしようと誘われる。

――だからこのドレスを指定したのね。

雛子が三段スタンドに載ったサンドイッチやスコーン、デザートを充分堪能《たんのう》すると、朝哉が真剣な表情で、テーブルの上にカードキーを置いた。

「ヒナ、これはこのホテルのゲストルームのカードキー」

「えっ？」

「このホテルにクインパスが年間契約でおさえてる接待用の部屋があって、そこを今すぐ使える状態にしてもらっている」

――それって……

テーブルの上でギュッと手を握られて理解する。これから二人でその部屋に行きたいと誘われているのだと。

心臓が大きな音を立て、全身がカッと熱くなる。

だけど、まったく悩まなかった。

「うん……いいよ」

照れながらうなずくと、「行こう」と手を引かれ、雛子はラウンジをあとにする。

そして二人は無言で足を進めた。

エレベーターを降りた後は、足元がフワフワしているようで、雛子はこの状況に現実味を感じない。それでも自分の手を引く朝哉の手の熱と力強さは確かにここにあって……

夢ではないんだと確かめるように汗ばんだ手のひらを握り返すと、こちらを見下ろす朝哉と目が合う。その瞳は心なしか潤《うる》んでいる。

――きっと朝哉も緊張しているんだわ……

連れていかれた高層階にある二間続きの部屋は、奥が寝室になっていた。朝哉は景色を見ることもなくすぐにカーテンを閉め、雛子を抱き寄せる。

「ヒナ……」

息ができないほどの力強さ。容赦ない締め付けに腕の骨が折れるんじゃないかと心配になる。すると、「ごめん」と力を抜いて、朝哉はバスルームに入っていった。

――ビックリした……でも、余裕がないのは私だけじゃなくて朝哉も同じなのね……

『正式に婚約したら……俺、ヒナを抱くよ』

朝哉にそう言われた十六歳の誕生日、あの日から覚悟はできていた。

本来なら四月には婚約者になっていたはずなのだ。ううん、朝哉はもう婚約者だと言ってくれている。

「だから怖くない、嬉しいだけ……」

カーテンの隙間から外を覗《のぞ》くと、眼下には太陽の光でキラキラ輝くビルの群れと、ありんこみたいな車の列。

――この日の景色を目に焼きつけておこう。今日は大好きな人と結ばれる大切な記念日になるのだから……

バスローブを身にまとった朝哉と入れかわりでそそくさとバスルームに入った雛子は、いつもより入念に身体を洗う。

不安と期待と緊張と……さまざまな感情が胸に渦巻《うずま》いていても、確かなものがある。『嫌だ』という気持ちが、ほんのひとかけらもないということ。

あらためて自分の気持ちを確認したところで、雛子は「うん」とうなずきシャワーを止める。何を着ればよいのか迷い、朝哉を真似てバスローブ一枚だけを身につけた。

「ヒナ、おいで」

ベッドサイドに腰掛けている朝哉に近づくと、彼が立ち上がり抱き上げてくれる。そのままベッドに横たえられた。

彼は雛子に覆《おお》いかぶさり茶色い瞳で見下ろしながら、その長い指で雛子の髪を、頬を、顔のパーツすべてを丁寧になぞる。まるで雛子の顔の輪郭《りんかく》を覚え込もうとするかのようにその行為を繰り返した後、ゆっくりと顔を近づけてきた。

すぐに唇が重なり、生温《なまあたた》かい舌が口内を蹂躙《じゅうりん》する。

今までにキスは何度もしてきた。けれどこの先は未知の世界で……

チュッとリップ音がして唇が離れたかと思うと、そのまま耳たぶを甘噛みされ、舌が耳に入ってくる。粘着質な音と生温《なまあたた》かい吐息《といき》が鼓膜を伝い、全身を震わせた。

朝哉の右手が雛子のバスローブをはだけさせ、肩を通過して胸のふくらみに触れる。

「あっ……」

思わず鼻にかかったような声を出してしまった。恥ずかしさに、雛子が閉じていた目をうっすらと開けると……朝哉が固まっている。

「朝哉？　ごめんなさい、ちょっと恥ずかしかっただけ。大丈夫だから……」

「……ごめん」

「えっ？」

彼はゆっくりと身体を起こし、眉間《みけん》に皺《しわ》を寄せて自分の前髪を掻《か》き上《あ》げた。

「ごめん……血迷った」

――えっ、血迷った⁉

意味がわからないまま、雛子も身体を起こして向かい合う。

「朝哉、どうしたの？」

朝哉はそれに答えず、無言で雛子を抱きしめた。

「朝哉？」

「ヒナ……好きだよ」

「うん、私も朝哉が好き、大好き」

その後、彼は何度もキスをしてきつく抱きしめてくれたものの、結局その先に進むことはない。

――朝哉は私のために我慢してくれたんだわ。婚約したら、その時はきっと……

気づけばもう帰寮時間が迫っている。

離れがたくて、雛子がなかなかベッドから下りずにいると、朝哉がドレスを持ってきて着替えさせてくれた。

その手がとても優しくて、それだけでもう満足だと思える。

だが、帰りの運転中、朝哉はいつになく無言だった。思いつめたようなその横顔を眺めながら、雛子は彼も寂しいと思ってくれているのかな……と考える。

「朝哉、来週は会えそう？」

「……ヒナ、着いたよ。バッグを忘れないようにね」

「……うん」

先に車を降りた朝哉がいつものようにドアを開け、手を引いて降ろしてくれる。なぜか彼の指先は冷たくなっていた。

雛子同様、外出時間ギリギリで帰ってきた生徒が寮の門の内側に駆け込んでいく。

「ほら、ヒナも行かなきゃ」

「うん、でも……」

何がどうとはハッキリわからない。だけど目の前の朝哉に違和感を覚えた雛子は、このまま行ってはいけないと思った。

「もう時間だ。早く行って」

残り三分。早く建物の中に入り、寮母さんに帰寮の報告をしなくては。

後ろ髪を引かれる思いで門の内側に入り、振り返ったその時――

「ヒナ……」

門の向こう側から名前を呼んだ彼が、信じられない一言を発する。

「ごめん、婚約を解消させてほしい」

――えっ？

最初は聞き間違いだと思った。

そう思いながらも、さっきから感じていた違和感の正体が判明した気がして、雛子の心臓が嫌な音を立て始める。

「朝哉、何を言って……」

彼のもとに戻ろうと一歩門に近づいた瞬間、もう一度ハッキリと耳に飛び込んでくる。

「ごめん、婚約はなかったことにして」

それはまるで、いつもの『じゃあまたね』と同じ口調で。

「冗談……？」

「本気だよ。婚約を解消したい……いや、解消する」

提案でもお願いでもなく『断言』だ。

震える足をもう一歩前に出したところで、雛子はそこから先に進めなくなった。

こちらを見つめる彼の瞳が、真剣だったから。

——うそ、どうして？

だって、今日は朝からデートして、思い出のホテルで過ごして……

そこでヒュッと息をのむ。

——最後の思い出づくり⁉

瞳を大きく見開いて茫然《ぼうぜん》としていると、朝哉が口角を上げて語り出した。

「俺、クインパスを継ぐことにした」

——自分は会社を継がない、お兄さんに任せるって言っていたのに？

「大学生活も折り返し地点になってさ、あらためて自分の将来を考えてみたんだ」

どうせなら人に使われるよりもトップになりたい。

会社を継げば嫌でも注目されるし、行動が制限される。なかなか羽目がはずせなくなるから、今のうちに遊んでおきたい。いろんなことを経験しておきたいし、もっと広い世界を見てみたい。

彼はそうスラスラと語った。

「だから、二、三年海外をブラついて見識を広めるのもいいかな……って思ってさ」

「海外……に、行っちゃうの？」

朝哉は笑顔で「うん、まだ行き先は決めてないんだけど……」と、うなずく。

「日本での思い出づくりはできたから、今度は留学という名の自由時間で思い出づくり？　かな」

「私は置いてかれちゃうの？」

「置いていくっていうか……連れていくって選択肢は、最初からないから」

ハハッと笑いながら言われて、心臓が凍りつく。

この人は何を言っているのだろう。

目の前にいる彼は、全然知らない人のようだ。

——朝哉は初恋の人で恋人で、私の婚約者で……

「ごめんな、婚約ごっこは今日で終わりだ」

「……ごっこ？　朝哉はずっと婚約ごっこをしてたつもりだったの？」

彼が困ったように肩をすくめる。

「ヒナは可愛いし一緒にいて楽しかったから、結婚してもいいかなって思ってたよ。結納を交わしてたらそうなってたかもしれないけど……実際はそうならなかった。だから、しょうがない」

——結婚してもいいかなって……

「ヒナと付き合ったことは後悔してないよ。素敵な思い出ができた、ありがとう」

返す言葉が浮かばない。

雛子が恋愛だと思っていた日々は、朝哉にとっては思い出づくりの一環だった。

――今日のことも……

ホテルの部屋に行ったのは、彼にとってはただの興味本位、留学前のお遊びで。

だから『血迷った』……なのか。

我にかえって寸止めできるなど、随分冷静な判断だ。

――私は必死だったんだけどな。本当にそうなってもいいって……

今聞いた言葉を脳内で反芻《はんすう》しているうちに、身体が震え出す。

思わず両手で耳を塞《ふさ》いだ。もうなんの言葉も入ってこない。

「ヒナ……本当にごめんな」

最後に彼の唇がそう動いたような気がしたけれど……もう見えなかった。

茫然《ぼうぜん》と立ち尽くす雛子に「じゃあね」と右手を上げて、朝哉はさっきまで乗っていた愛車で去っていく。

それが朝哉と雛子の別れだ。

しばらくその場から動くことができなくて、ようやく雛子が寮に戻ったのは帰寮予定時間を二十分も過ぎてから。

罰として一ヶ月間の外出禁止になったけれど、特に問題なかった。

だって週末に出掛ける予定も楽しみも、もうなくなってしまったのだ。

こうして初恋は、唯一残された未来への希望とともに、あっけなく砕け散ったのだった。

その後、傷心の雛子に追い討ちをかけるように、衝撃的なニュースがもたらされる。

クインパスグループによる白石メディカの買収、そして大介の社長解任だ。

以前聞いていた計画では、平等な業務提携だったはず。その関係を強固にするための朝哉と雛子の婚約話ではなかったのか。

——ああ、そういうこと……

雛子は裏切られたのだと悟る。

最初からそのつもりだったのか、それとも宗介の死によって流れが変わったのかはわからない。

いずれにせよ、朝哉はこうなることを知っていたに違いない。

元々が業務提携のために仕組まれた出会いだ。

雛子が社長の娘ではなくなり、白石メディカの買収が決まったことで、朝哉にとって自分は必要のない人間になったのだろう。

その直後、ちょっとした事件を起こして、大介一家が失踪した。

雛子は十六歳にして無一文で放り出されたのだ。

しかし幸いなことに、数日後に『あしなが雛の会』なる団体から奨学金給付の声がかかる。

なんでも、『あしなが雛の会』は日本の未来を担《にな》う優秀な若者を支援することを目的としていて、日本国内の高校生の中から独自の調査方法で給付対象者を選び援助している民間の非営利団体だという。

だが、雛子がインターネットで調べても、その団体についての情報はわからなかった。校長から聞いた内容がすべてだ。

得体が知れず心配ではあるものの、授業料と寮費の全額負担に加え、学用品購入費として月々十万円が支給されるのはありがたい。

学校を辞めて寮を出なくてはいけないと思っていた雛子には、断る理由がなかった。

校長から差し出された書類に、その場ですぐにサインする。

――よかった……高校を辞めなくていいんだわ。

とりあえずこれで寮に残れる。

高校を卒業後は仕事を見つけて働こう。

今まで働いたことはないけれど、何か一つくらいはできる仕事があるはずだ。

そう思うと少しだけ気持ちが楽になる。

それに、すべてを失ってどん底にいたけれど、そんな自分にもちゃんと光が射してくれた。

努力は報《むく》われる。何も言わなくてもちゃんと手を差し伸べてくれている人がいる、それが嬉しい。

雛子は校長の許可を得て、団体宛にお礼状を書くことにした。

あしなが雛の会　御中
拝啓残暑の候、貴会ますますご清栄のこととお喜び申し上げます。

このたびはあしなが雛の会の奨学生に選んでいただき、誠にありがとうございました。

私事ですが、学校を辞め、退寮もやむを得ないという窮状《きゅうじょう》に陥《おちい》っていたところでしたので、貴会の奨学金のお話をいただいた時は、天にも昇る気持ちでした。

大袈裟《おおげさ》ではなく、本当にそう思ったのです。

奨学金のお陰で続けられる学校生活です。これから残り一年半の高校生活は、今まで以上により一層勉学に励み、高校卒業後は社会人として貴会のように世の中に貢献できるよう精進する所存です。

今後も厳しくも温かい目で見守っていただければ幸いです。どうかよろしくお願い申し上げます。

末筆ながら貴会の一層のご発展をお祈り申し上げます。

敬具　白石雛子

すると、すぐに返事が来た。書いてくれたのは、『あしなが雛の会』の会長だそうだ。

白石雛子様
丁寧な手紙をありがとう。
奨学金があなたの役に立っているようで何よりです。
あしなが雛の会の給付金は、あなたのように真面目で勉強熱心な学生に使われるべきだと思っています。

おおいに学生生活を満喫《まんきつ》してください。

ところで、あなたからの手紙を読んで気づいたことがあります。

あなたは白石メディカのご息女だったのですね。

実は、私はあなたの亡くなったお父上、宗介氏と旧知の間柄でした。

それで返事を書かせていただくことにしたのです。

私が長らく海外に行っていたこともあり、近年はなかなか会えずにいた間に宗介氏が亡くなり、彼のご家族の状況が大きく変わっていたと知り驚いています。

そこで雛子さん、会の奨学金とは別として、私個人としてもあなたの支援をさせてもらえないだろうか。

宗介氏には大きな恩義があったのに、それを返す機会を永遠に失ってしまった。せめてあなたを通じて恩返しをさせてほしい。それは迷惑だろうか。

私は孤独な独り身で、資産を譲る相手もいない。

あなたのような優秀な人を支援させてもらえるのは有益だし、若者の役に立っていると思えば仕事にもより一層励める気がします。

その代わりといってはなんだが、たまにこうして手紙をください。孤独な男に生きる希望を与えてほしいのです。いうなれば『あしながおじさん』のジャービスや『マイ・フェア・レディ』のヒギンズ教授の役回りをさせてほしいということです。

それと、あなたはまだ高校生なのだから、無理に堅苦しい文章を書く必要はないと思う。

次からは若者らしい素直な言葉を使い、メールでも構わないので、気軽に近況を知らせてもらえるとうれしい。楽しみにしています。

どうか体に気をつけて。

あしなが雛の会　会長

――会長さんから返事をいただけた！

喜んだ雛子は、今度は同封のカードに記されていたアドレスにメールを送った。

あしながおじさま
こんにちは。

あしながおじさま……と勝手に呼んでしまいましたが、構わないでしょうか？

名前を教えていただけなかったので、どういう呼び方がいいかと考えてみたのです。

「会長様」も「会長さん」もすごく他人行儀な気がしてしっくりこなかったので、おじさまからの手紙をヒントにしました。

おじさま、お言葉に甘え、おじさまからの支援をありがたくお受けいたします。

おじさまは孤独だとおっしゃいましたが、私も孤独です。

ですが、お互いの存在が支えになれるのであれば、今この瞬間から私たちは孤独ではありません、二人です。

もうこれからは寂しくなんかないですね。

私は『あしながおじさん』のジュディほどのユーモアや行動力もないし、『マイ・フェア・レディ』のイライザみたいに期待通りの淑女になれるかも怪しいです。

それでも、ご期待に添えるよう努力を続けるとお約束します。

おじさま、私を見つけてくださり、ありがとうございました。そして父のことを偲《しの》んでくださり、ありがとうございます。

また日々の報告をさせてくださいね。

お忙しくて迷惑な時は遠慮なくそうおっしゃってください。

そうじゃないと私は調子に乗って、しょっちゅうメール攻めにしてしまいそうです。

それではまた。

雛子
pS．実を言うと、最初からおじさまの会には運命を感じていました。私は「あしながおじさん」のお話が大好きですし、会の名前には私の名前が一文字入っているんですから。

こうして彼の支援を受け、結局、雛子は大学まで卒業することができた。

その間、一度もおじさまと会うことはなく――

2　おじさまの代理人

照明の落とされた飛行機の座席。

雛子がハッと目をさますと、目の前のテーブルで開かれたままのパソコン画面がぼんやりと光っていた。

おじさまに送った文章をもう一度読み返しているうちに、うとうとしていたらしい。肩や腰に痛みがないのは、シートがよいからだろう。

生まれて初めてのファーストクラスは、想像以上に豪華だ。

ウッディな色調で揃《そろ》えた落ち着いた空間は、ビジネスクラスの倍ほどの広さ。シャンパンやキャビアは欲しいだけ提供され、寝る時にはＣＡ《キャビンアテンダント》にベッドメイキングをしてもらい、足を伸ばして寝られる。

――今回、おじさまが私のためにファーストクラスを取ってくれたと知った時には驚いたな。きっと帰国祝いに奮発してくれたのだろう。こんな経験はもう二度とできないかもしれない。雛子はおじさまがせっかくプレゼントしてくれた至れり尽くせりの環境を堪能《たんのう》し、十四時間の飛行機の旅を快適に過ごさせてもらおうと思っていた。なのに……

今、雛子の左隣、細い通路を挟んだすぐそこのシートには、なぜか朝哉が座っている。

空港のラウンジで会った時には、たまたまだろうと無視をした。

けれど、搭乗口前で隣に立って表示を見上げた横顔に、もしや……と胸騒ぎがし、彼が乗務員に頭を下げられながら最初にボーディング・ブリッジを渡った瞬間に確定する。

――この人、同じ日本行きの飛行機に乗るんだわ！

それだけでも衝撃なのに、まさか座席まで隣り合わせだなんて、なんという運命の悪戯《いたずら》。

こうして、快適なはずの空の旅が一気に憂鬱《ゆううつ》な時間に様変わりしていた。

通路の反対側にそっと顔を向けてみると、なんと朝哉もこちらを見ている。雛子は慌てて顔を戻す。

「なあ、ヒナ……」

「名前で呼ばないでもらえますか」

「あのさ――」

「今から寝るので話しかけないでください」

一体どういうつもりなんだろう。

自分が捨てた女に平気で話しかけてくる無神経さに腹が立つ。

そして、久しぶりの再会に一方的に動揺している自分がもっと腹立たしい。あまりにも惨《みじ》めだ。

――こんな人に振り回されたくない。

雛子は覚悟を決めると、なおもチラチラこちらを見ている彼と、何年かぶりに真っすぐ目を合わせる。

「朝哉……ううん、黒瀬さん、あの時は確かに辛《つら》かったし、あなたのことを憎みもしました。ですが私はもう大丈夫なので、気にしていただかなくて結構です」

「ヒナ、俺は……」

雛子は朝哉の言葉を遮《さえぎ》り、キッパリと告げる。

「私には今、大切な人がいるんです」

「えっ……」

「私には素敵な『あしながおじさま』がいるの」

そう、雛子は彼がいたから生きてこられた。彼のおかげで前を向いて進むことができた。

その恩に報《むく》いたいし、これからはその人のために生きていきたい。

だからこそ、おじさまのすすめに従って留学までしたのだ。

「ですからもう、私には構わないでください」

まだ何か言いたそうにしている朝哉の顔からツンと顔を背けると、雛子は毛布を肩まで上げて通路に背を向けた。


「――えっ、嘘っ！」

雛子におじさまからのメールが届いたのは、バゲージクレームでスーツケースを待っている時だった。

この後おじさまに会い、社宅に案内してもらったうえで仕事についての説明を受ける予定だったのだが、彼が空港に来られなくなったというのだ。

ようやくおじさまに会えるとワクワクしていた気持ちが一瞬でシュンと萎《しぼ》み、代わりに不安が押し寄せる。

——知人を代わりに行かせると書いてあるけど……代わりって誰？

詳しいことは、メールには何も書かれていない。

顔も名前も知らないのに会えるだろうか。もしかしたら相手はこちらの顔を知っている？　おじさまが先方に写真を送ってくれているのかも。

一人でグルグル考えているところに、自分のスーツケースがターンテーブルを流れてくるのが見えた。雛子が一歩前に出て身構えた瞬間、目の前に大きな背中が立《た》ち塞《ふさ》がる。

——えっ？

朝哉だ。

彼は雛子のワインカラーのスーツケースを軽々と持ち上げるとシルバーのカートにひょいと載せ、次いで自分のスーツケースも当然のように同じカートに載せた。

「スーツケースはこれだけ？」

「とも……黒瀬さん、ちょっと、何してるの？」

「朝哉でいい。……一緒に行くぞ」

「はぁ？」

朝哉は頭を掻《か》きながら困ったように俯《うつむ》いて、チラッと上目遣いで見つめてくる。

「あのさ……ヒナって、『あしながおじさま』と約束してたんだろ？」

「ちょっ……どうしてそれを⁉」

「その人って、あしなが雛の会の会長だろ。彼からメールが来た。仕事のトラブルで急遽《きゅうきょ》アメリカに行くことになったから、しばらくの間、代わりを頼むって。今日から俺がヒナの面倒を見る」

「ええっ⁉　そんなの困ります！　絶対に嫌！」

雛子が即答すると、朝哉はひどく傷ついたような顔をした。

一瞬泣きそうにも見えたけれど、それは見間違いだったらしい。すぐに片方の口角をニッと吊り上げて、「それじゃ、どこに行くんだよ。全部彼に任せてあったんじゃないの？　そう聞いているよ」とカートを押して歩き出す。

「えっ、ちょっと待って！」

「ほら、貸して」

彼は雛子の手からキャリーケースを奪ってスーツケースの上にポンと載せ、ついでに自分の手を雛子の頭にポンと乗せた。

「車の中で説明するから、とりあえずついてきてよ。なっ？」

――あっ……

フワッと柔らかく微笑《ほほえ》まれ、雛子は胸が締め付けられた。

覚えている。朝哉はアーモンド型の目を細めると、ちょっとだけ幼く見えるのだ。

顔があまりにも整いすぎているせいで冷たく見られがちな彼は、目が三日月《みかづき》みたいになった途端、グンと甘く優しい雰囲気に変わる。

雛子はその笑顔が大好きだった。

――ああ、やっぱり好きだな……この笑顔。

そんなふうにぼんやりしていると、「ヒナ、大丈夫か？」と顔をのぞき込まれていた。そこでハッとする。

――やだ、私ったら今何を……

「やだ、ダメッ！」

両手で顔を覆《おお》ってブンブンと首を横に振っているうちに、朝哉は雛子の頭から手をどけた。

「ごめん！　俺に触られたら嫌だよな。つい昔みたいに馴れ馴れしくして……ほんとゴメン。悪かった」

今度こそ本当に朝哉が切なげな顔になる。

彼は行き場をなくした右手で前髪を掻《か》き上《あ》げ、眉尻を下げて黙り込んだ。

「違う、私は……」

――朝哉は勘違いしている。

頭に手を置かれたのが嫌だったんじゃない。懐かしい手のぬくもりにときめいている自分が嫌だっただけだ。

――だって、もう期待なんてしたくない。あんな苦しい想いは二度としたくないから……

「……ううん、なんでもない」

妙に速くなる鼓動《こどう》と戸惑《とまど》いを胸の奥にグッと押し込めて、雛子はカートを押す朝哉に並んで歩き出した。

空港から外に出ると、停車中の黒塗りのセダンの前に見知った女性が立っている。

――ん？　ヨーコさん？

雛子は彼女を知っていた。その女性――ヨーコは、大学の寮でルームメイトだったグレイスの従姉《いとこ》だ。アメリカ人と日本人のハーフで、雛子の英語の個人レッスンをしてくれていた。

確か、クインパスのニューヨーク営業所で働いており、この春から日本のクインパス本社に転勤していたはずだ。

そこまで考えて、ああそうか、と合点《がてん》がいく。

ヨーコは日本の新しいボスの秘書として働くと言っていた。

――ということは……

なんという偶然。朝哉がヨーコの新しいボスなんだ……そう雛子が気づくのと同時に、ヨーコがカツカツとヒールの音をさせて近づいてくる。

「センム、白石サマ、お帰りなさいマセ」

「……ヨーコ、こちらは白石雛子さん。先ほど伝えた通り、私がしばらくお世話をさせていただくことになった。懇意《こんい》にしている人からお預かりした大切な方だから、よろしくお願いします」

「……はい、承っておりマスわ」

「ヒナ、彼女は俺の秘書を務めてくれているヨーコ・オダ・ホワイトさんだ。君の世話はすべて任せてあるから、困ったことがあれば彼女に頼めばいい」

雛子はそれを聞いて少し安心した。そして、遠慮がちに口を開く。

「よかった……黒瀬さん、実はこちらのヨーコさんと私は知り合いなんです。彼女が黒瀬さんの秘書になっていたとは知りませんでしたけれど……」

そう伝えると、ヨーコが朝哉に恐ろしく冷たい視線を向けたような気がした。けれど、それは一瞬。彼女はすぐに上品な笑みを浮かべ、「そうそうセンム、言い忘れておりましたワ～」と言う。

「実はそうなのデス。ワタシとヒナコさんはアメリカで知り合ったオトモダチなのデス」

「あっ……ああ、そうだったのか。だったら堅苦しい挨拶《あいさつ》は必要ないな。俺を気にせず、これまで通りに接してくれ」

「……アリガトウゴザイマス。ヒナコ、スーツケースをこちらへドウゾ」

「あっ……はい。ありがとうございます」

ヨーコの合図で車から出てきた運転手らしい若い男性が、トランクに二人分のスーツケースを丁寧に寝かせた。

助手席にヨーコ、後部座席に朝哉と雛子が座る。

車内では朝哉もヨーコも異様に無口になった。最初に口を開いたのは沈黙に堪りかねた雛子だ。

「あの……私がお世話になってるおじさまは、黒瀬さんとどういう関係なの？」

そう聞いてはみたものの、雛子の中には一つの考えが浮かんでいる。

――あしながおじさまは、もしかしたら朝哉のお父様の黒瀬時宗《ときむね》さん、もしくは祖父の定治《さだはる》さんなのではないかしら……

そうであれば、朝哉がおじさまの代理で現れたことも納得できる。

いくら亡き父を知っていて、成績優秀者に資金援助をする活動をしているといっても、これまであしながおじさまが雛子に与えてくれた援助は、すぎるほどだ。高校を卒業させてもらったばかりか、留学までさせてくれた。

黒瀬家が雛子にしたことへの罪悪感からの援助の申し入れだったと考えれば、すべての辻褄《つじつま》が合う。

——要は慰謝料代わり、黒瀬家に悪評が立たないために予防線を張った……とか？

そんな雛子の心中を察したように、朝哉が『あしながおじさま』との関係を語り始めた。

「彼——君の『あしながおじさん』が、とある資産家の男性だというのは、知っているよね。俺とは会社のパーティーで知り合って以来の付き合いだ。ヒナと俺とは年齢が近いし、俺もアメリカ帰りなんで話が合うだろうと考えたみたいで。俺たちが元婚約者とは知らずにくっつけようとでも思ったのかもな」

ハハッと乾いた笑いを漏らした彼の横顔を見上げて、雛子の心が冷えていく。

——何がそんなにおかしいの？

この人にとってあの出来事は、笑い飛ばしてしまえる程度の軽いものだったのだろうか。

——きっとそうだったんでしょうね。あなたにとっては。

しばらくして、車はタワーマンションの地下駐車場に滑り込んだ。

見上げればめまいがするような高さの高級マンションだ。

雛子には分不相応なのに、朝哉は変だと感じないらしい。彼はきっと似たようなマンションに住んでいるのだろう。

朝哉はヨーコそっちのけで、雛子のために用意されていたという部屋を嬉々として案内する。そして、連絡に必要だからと電話番号の交換をさせられた。

「いつでも連絡して。今夜は一緒に食事に行こう。後で迎えに来る」

帰り際にサラッとそう言われ、彼にとってあの出来事は、もう悩む価値もない、とっくに過ぎ去った思い出になっているのだと思い知る。

——私だってあしながおじさまに救われて前に進めているんだもの。いつまでもこだわってちゃいけないわよね。

どうせ朝哉とは、あしながおじさまが帰ってくるまでの付き合い。その間はただの知り合いとして接すればいい。

そう考えたらいくぶん気持ちが軽くなった。

「わかりました。夕食をご一緒します」

玄関で朝哉たちを見送り、雛子はこれから自分が住むことになる部屋をあらためて見渡す。

ベランダ付き2LDKの角部屋。寝室のウォークイン・クローゼットを開けると、二畳ほどのスペースにハイブランドの洋服や小物がずらりと並べられていた。

おじさまは魔法使いなのかもしれない。

雛子はスーツケースから濃紺のシフォンドレスを取り出しじっと見つめる。

このドレスはどうしても手放せなくて、アメリカに行く時も持っていったものだ。

今日の夕食にそれを着ていこうかと考えて、苦笑した。

――馬鹿ね、今さらこれを着たって……

ドレスをハンガーにかけると、一番奥に吊るしてクローゼットを出る。

「とりあえずおじさまにお礼のメールをしなくちゃ」

その後、アンティーク調の白いデスクでパソコンを開いて、おじさまへの感謝の言葉を打ち込んでいった。

おじさまはこのメールをどこで読むのだろう。仕事のトラブルということはきっと忙しいに違いない。この文章もすぐには読まれないかもしれないな……

そんなことを考えながら窓を見る。外には濃淡のあるオレンジと黄色のグラデーションが広がっていて、いつもより近い空が、ここが地上二十五階なのだと教えてくれた。

――この同じ空の下のどこかにおじさまがいる。

おじさまがどんな人で、どこでどんな仕事をしているかなんて、どうでもいいことなんだ。

雛子はあらためてそう思う。

たとえおじさまが世間から悪人と呼ばれるような人でも、その正体が悪魔だったとしても……自分にとっては命の恩人、一生を捧《ささ》げると決めた、唯一無二の存在なのだから。

「きっといい人に決まっているけれど」

あんなに優しい文章を、思いやりのある言葉を書ける人が悪人なわけがない。

「もうすぐ……会えるわよね……」

こんなふうにあれこれ考えるのも、あと少し。

おじさまに会えば、雛子の予想が当たっているかどうかが判明するのだ。

――それまでは頭の中でおじさまの姿を想像して楽しもう……うん、そうしよう。

知らない間に自分の顔がほころんでいたことに気づき、雛子はあらためておじさまの癒《いや》しパワーに感動するのだった。

＊

「――トモヤ、あなたはバカですか？　それでもオトコですか？　チ○コついてますか？」

都会のど真ん中にある、地上二十九階、地下一階のタワーマンション最上階では今、罵詈《ばり》雑言《ぞうごん》が響きわたっていた。

ソファーでうなだれている朝哉に仁王《におう》立《だ》ちで説教しているのは、ヨーコ・オダ・ホワイト、二十八歳だ。

つい先ほどまで雛子に優しく微笑《ほほえ》みかけていたグラマラス美女と同一人物とは思えないほど、彼女は般若《はんにゃ》のような形相《ぎょうそう》になっている。

朝哉は、専務として日本の本社に戻るにあたり、彼女をアメリカの営業所から引き抜いて自分の秘書としていた。

しかし実を言うと、彼女は大学時代からの知り合いでもある。

朝哉は大学三年の時に雛子と別れてすぐ、先日まで彼女も通っていたニューヨークの大学に編入した。

ヨーコはその大学で朝哉の一学年上に在籍していて、いくつかのクラスで一緒にマーケティングや経営学を学んでいたのだ。

彼女は母親が日本人であるせいか、日本の文化、とりわけサブカルチャーに愛情を注ぐ、大の日本好き。

だから大学を卒業し日本に帰国することになった朝哉は、クインパスに就職していたヨーコに、ある頼みごとをした。

『えっ、見張り役……デスか？』

『そう、今年大学に入学してくる俺の元婚約者に近づいて、近況を報告してほしいんだ』

元婚約者の白石雛子を近くで見守り、日常の様子を逐一伝えてほしい。そしてできれば写真を撮って送ってもらいたい……そんな依頼に、最初、ヨーコは難色を示す。

『トモヤ、アメリカではそういう行為をストーキングというのですヨ』

『いや、日本でもそうだ』

『トモヤはヒナコのストーカーなのデスか？』

『う～ん、そうかもしれないけど、危害を加える気はないよ。ただ彼女の笑顔を見たい。彼女を近くに感じたいだけなんだ』

そのために必要なお金はいとわない、ちゃんと報酬を支払うと言うと、ヨーコはお金は必要経費以外いらないから、代わりに日本の漫画とお菓子を定期的に欲しいと頼んできた。

そうして、お互いの利害が一致した二人は、笑顔で握手を交わしたのだった。

あの日、雛子に別れを告げた朝哉だったが、本心から別れたかったわけではない。

とある事情から傍《そば》にいられなくなっただけで、それからずっと見守り続けていたのだ。

雛子に近づくためにヨーコがまず行なったのは、ちょうど同じ大学に入学予定だった自分の従妹《いとこ》を雛子に近づかせることだった。大学の寮で従妹《いとこ》にルームメイトの募集をさせ、そこから雛子とコンタクトをとって、同室にさせることに成功する。

ヨーコと同様に日本好きだった従妹《いとこ》はすぐに雛子を気に入り、ヨーコに言われるまでもなくあっという間に親友となったらしい。

その上で、英会話のプライベートレッスンを受けたいと言う雛子にヨーコを推薦し、彼女のアパートで週に一度のレッスンを始めたのだ。

こうしてヨーコはまんまと雛子と知り合うことに成功し、朝哉の想像以上にその距離を縮めていった。

加えて、『ヒナに近づく男を徹底的に排除してくれ』という依頼も、あっさりと達成してくれた。

なんと、雛子自身が誰とも付き合おうとしなかったのだ。

人形みたいにパッチリした瞳に愛らしい口元。華奢《きゃしゃ》な身体つきに細くて長い手足の彼女は、朝哉の予想通り、国籍問わず多くの男子生徒から声をかけられていたという。

だけどヨーコや彼女の従妹《いとこ》に妨害させるまでもなく、本人がきっぱり振っていたらしい。

『日本に彼氏でもいるの？』

そう尋ねたヨーコに彼女はこう答えたそうだ。

『もう恋なんてしたくないの。夢中になればなるほど、失った後の苦しみが大きいから』

婚約者に裏切られた過去がある……と寂しげに微笑《ほほえ》む雛子の表情が朝哉との別れの辛《つら》さを物語っていたと、のちにヨーコから睨《にら》まれた。

そんなふうに日本で過ごし、昨年、出世コースであるニューヨーク赴任となった朝哉は、一年間ヨーコと同じ営業所で働く。そして、とうとう専務として凱旋帰国を果たした。

その先発隊として先に日本に向かうことになったヨーコは、朝哉とのつながりを隠したまま雛子に別れを告げたと聞いている。

『来年から日本のクインパス本社で新しいボスの下、秘書として働きマス。ヒナコも日本に帰るのでしたね。向こうでまた会いましょうネ』

『私はあしながおじさまの秘書になることが決まりました。一生懸命働いて彼に恩返しをします。お互い働く場所は違うけれど、同じ秘書として、それぞれ頑張りましょう』

それが、ニューヨークで二人が交わした約束だという。

「――どうして自分があしながおじさまだと言わなかったのデスカ！　日本の空港でサプライーイズ！　と言いながら、ヒナコをハグするつもりだったのに！」

「本当に悪かった。俺だって最初は嘘をつく気なんてなかったんだ。だけどヒナは俺を毛嫌いして塩対応で話にならないし……それに、あしながおじさまを心から慕っている」

大好きなあしながおじさまの正体が心底憎んでいる男だったなど……そんなこと言えるわけがない。

そう、雛子の援助をしていた「あしながおじさま」は朝哉だった。

ニューヨークの空港でそれを打ち明け、日本に着いたら自分の秘書として働いてもらうつもりだったのだ。そしてあわよくば——

ところが、実際に雛子に会うと想像以上の拒絶に遭《あ》い、何も言えなくなってしまった。

それまでの交流で雛子を気に入っているヨーコは、あれからずっと朝哉の部屋で彼の弱気な態度を怒っている。

「……ホントーにトモヤにはガッカリデスよ。ワタシの努力を無駄にした。おかげでヒナコとの友情がブチコロシじゃないデスか！」

「ヨーコ、ブチコロシじゃなくてぶち壊しだ。それと、朝哉さんを呼び捨てするのはやめろ、彼はもう専務で俺たちのボスだ。あと、泣き真似ウザい」

大好きなヒナコに嘘をついてしまった、人生終了だ、エーン！……と泣き真似をするヨーコへ横から冷静な突っ込みを入れているのは、専務補佐で運転手のタケこと青梅《おうめ》竹千代《たけちよ》、二十四歳。

彼は朝哉の母方の再従弟《またいとこ》で、幼い頃から年に一度会うかどうか程度の間柄だったのに、なぜか朝哉に心酔し、彼を慕ってクインパスに入社してきた。朝哉の父、時宗の下で一年間の修業を経て、昨年から朝哉の懐刀《ふところがたな》として働いている。

「タケ、ワタシはセンムと話してるのではありませんヨ。今は親友のトモヤに説教してるんデス」

ヨーコに言われるまでもなく、朝哉自身が大いに反省していた。

日本に残っていた竹千代には、この一年で朝哉派の社員を増やすべく根回しをしてもらう傍《かたわ》ら、雛子のためのマンションの手配や秘書課への受け入れ準備をしてもらっている。

そしてヨーコにも、朝哉より一足先の四月に先発隊として日本入りをしてもらっていた。

竹千代と共に雛子の受け入れ体制を整えてもらうためであったが、女性の目で雛子のマンションの家具や電化製品のコーディネートをしてもらいたかったのが一番の理由だ。

恩人の会社で新入社員として働くつもりでいるだろう雛子はフォーマルな服を持っていないだろうからと、ドレスもいくつか見繕《みつくろ》ってもらった。それらは雛子のマンションのクローゼットに吊るされて、今か今かと出番を待っているはずだ。

——ドレスの出番……あるのかな。

帰国前に竹千代とヨーコに言い放った自分の発言を思い出す。

『空港のラウンジでヒナにすべてを打ち明けて許してもらうつもりだ』

『自分の気持ちを正直に伝えて再び婚約してもらう。ヒナは俺の婚約者だと思って丁重に扱ってくれ』

『もしかしたら、ヒナはそのまま俺のマンションに住むことになるかもしれない。その時はヒナ用に準備したマンションは賃貸にするかな』

などと夢心地で語っていた自分が恥ずかしい。思い出すだけで顔から火を噴きそうだ。

がっくりとうなだれていたその時、朝哉のスマホがピコン！　と鳴った。メールの着信音だ。

このプライベート用のアドレスにメールをしてくる人物はたった一人しかいない。

朝哉は大喜びで文章を読む。

文面は、「あしながおじさま」から始まっていた。


——おじさま、私は今、マンションの部屋でこのメールを書いています。

今回は素敵なお部屋を用意していただきありがとうございました。

こんなにもよくしていただいて、おじさまには感謝しかありません。

これからは私の一生をかけて恩返しをさせていただくつもりです。

ただ、このお部屋は私には分不相応かと思います。しばらくお世話になりますが、新しく部屋を見つけようと考えています。

ところでおじさま、私は以前、一方的に婚約破棄をされたことを書きましたね。

私はそれをちゃんと乗り越えたつもりでいましたが、実はまだ心の奥に深い傷として残っていたみたいです。

久しぶりに彼と再会して、そのことに気づきました。

だけどおじさま、心配しないでください。私は決めました。

おじさまの下で働くのをいい機会だと思って、今度こそ過去の辛《つら》い出来事を忘れようと。

相手がもうすっかり過去のことにしているのに、私だけが同じところにとどまったままだなんて馬鹿らしいですものね。

おじさま、今度こそ私は前に進みます、進みたいです。

新しい恋だってしたいし、デートもしたい……などと言ったら、おじさまは『まだ仕事もできない半人前のくせに』ってあきれますか？

もちろん、まずは一人立ちが最優先です。

私が働いて自分の力でお金をいただけるようになったら、まず最初におじさまをデートに誘わせてくださいね。

お仕事大変だと思いますが、どうかご自愛ください。

雛子
ＰＳ．今日はお迎えの人が違っていて、とても驚きました。おじさまに会えると思っていたので残念ですが、お仕事では仕方ありませんね。

帰国はいつ頃になるのでしょう？　早くお会いしたいです。首を長くして待っています――


読み終えた朝哉を衝撃が襲う。

「うわっ！」

突然大声を張り上げたものだから、キッチンでお茶を淹《い》れていた竹千代が慌てて駆け戻ってきた。

一方、ヨーコが朝哉の手元をのぞき込む。

「専務、どうされましたか！」

「トモヤ、何事デスカ!?」

そんな二人を見上げ、朝哉は絶望的な顔で呟《つぶや》く。

「ヒナが……俺のことを忘れたいって……新しい恋をしたいって……」

もう終わりだ……と両手で頭を抱える姿に、竹千代とヨーコはあきれ顔になる。

「ヒナコからのメールですか。なんて書いてあったのデス？　見せてくださいヨ」

「駄目だっ！　ヒナからのメールだぞ！　俺へのラブレターなんだ、他人に見せられるわけないだろっ！」

スマホの画面を見ようとするヨーコから、朝哉は必死でガードした。

「チッ、トモヤはケチですネ。本当にケツの穴の小さい男ですヨ。それにラブレターの相手はオジサマで、トモヤじゃない」

「ヨーコ、専務に向かって失礼だぞ」

ヨーコと竹千代が睨《にら》み合《あ》う。

「今はプライベートタイムだからいいのデス。タケだって、自分のボスがこんなイジケ野郎じゃ嫌でしょ？　早いとこ解決しなきゃデスよ」

「そりゃあ俺だって……だけど、これは俺たちが口出ししてどうにかなるものでもないし」

頭の上で繰り広げられている二人のやりとりを、朝哉は『ごもっとも』……と思いながら聞く。

朝哉にだってわかっていた。これは自らが蒔《ま》いた種、自分自身で解決しなくてはならないことなのだと。

あの時、無理にでもラウンジで雛子を掴まえて話をしてしまえばよかったのかもしれない。

飛行機を降りた時に『実は俺が…』と言えば、こんな事態には陥《おちい》っていなかったはずだ。

だけどそれをしていたら、やはり後悔していただろう……とも思う。

あしながおじさまの正体を知れば、雛子はもう朝哉を拒否できなくなる。

いくら嫌いな相手であろうとも、雛子は心を殺して付き従うだろう。

彼女は六年間自分を援助してくれた人物をないがしろにできるような、そんな女性ではないのだ。

――俺を好きになってもらうしかない。

要はそれに尽きるのだ。

雛子が敬愛しているあしながおじさまに値するに足りる人物。彼ならば……と思える人間に朝哉がなればいいだけのことだ。

今までは細い糸をどうにかつないで遠くから見守ることしかできなかった。

けれど今は、目の前で話すことができる。手を伸ばせば触れられる距離にいる。

六年前に自分が断ち切ってしまった関係を、もう一度取り戻すために――

「俺が動くしかないんだ」

もう一度好きになってもらう。そのためにやれることは全部しよう。

あきらめることができないのだから、進むしかない。

「よっしゃ！　ヨーコ、デートの服装はスーツがいいかな？」

勢いよく立ち上がった朝哉に、二人は笑顔でうなずく。

「トモヤ、ヒナコはアメリカではあっさりした食事を好んでましたヨ。ジェット・ラグで食欲がないかもしれないので日本食がいいデス。服装はスーツにしましょう。トモヤはヘタレですが顔はいいのですから、イケメンを見せつけるのデス」

「それじゃあ俺は車を正面に……んっ？　同じマンションだから、専務が部屋までお迎えに行くんですか？」

そう竹千代に聞かれたところで、朝哉は「駄目だ……」と低くうめいた。

実は朝哉が住んでいるのは雛子と同じマンションなのだ。

雛子が二十五階で朝哉は最上階。広さと階は違うものの、南向きの角部屋という位置も同じ。雛子に少しでも近くにいてほしいという朝哉の希望を叶えた結果、こうなったのだが……

「同じマンションというのはまだ内緒だ。ただでさえ、ヒナは引っ越しを考えているのに、俺が住んでいると知られたら、それこそ気持ち悪がられてドン引きされる。一旦車で表に出て、玄関で出迎えよう」

「了解です」

車を移動するために部屋を出た竹千代を見送っていると、ヨーコが朝哉を睨《にら》み付《つ》けてきた。

「ご自分がドン引きされるコトをしている自覚はあるのですネ」

「……ああ、アリアリだ。ヒナにバレたら……それこそ本当に終わりだろうな」

「そうなる前にヒナコのハートをワニツカミしてくださいヨ」

「鷲掴《わしづか》み……な。うん、やるしかない。ヒナを散々苦しめたんだ、今度は俺がみっともないほど足《あ》掻《が》いて……絶対に掴まえる」

だけどあまり時間はない。

あしながおじさまだって、いつまでも海外に置いておくわけにいかないのだ。

――ヒナが新しい恋に前向きになってるしな……

彼女が新しく恋をするのなら……その相手は自分であってほしい。

朝哉は胸を熱くしながら、専用エレベーターへ歩き出した。

＊

名店が連《つら》なる銀座《ぎんざ》のオフィスビル二階にある寿司店は、予約客のみが入ることを許される、知る人ぞ知る店だった。

一見カウンター席だけに見えるが、奥に落ち着いた雰囲気の個室スペースがあり、お忍びの芸能人や、寿司職人の目を気にせず話をしたいカップルに多く利用されているそうだ。

その寿司店の個室で、今、雛子は朝哉と向かい合って座っている。

個室まで挨拶《あいさつ》をしに来た職人が目の前で木箱を開けて本日のネタを紹介し、それぞれが握りを注文し終えた。注文した品が運ばれてくるまで二人きりだ。

――気まずい……

朝哉がおとなしい。

空港では強引すぎるほどだったのに、マンションに迎えに来た時から口数が少なく、なんだか緊張しているように見える。

その緊張が移ったみたいに、雛子まで何を話せばいいのかわからなくなってしまった。

「えっと……」

「何？　どうした？　お茶以外に何か飲む⁉」

沈黙に耐えきれず一声発しただけで、朝哉が身を乗り出す。

「ううん、あの……朝哉が自分の車で来たからちょっと驚いて……」

以前交際していた時にも、朝哉の運転でドライブデートをしたことはあった。

だけど今回はあしながおじさまに頼まれた、言わば『社用』だし、自分の車で来たらお酒が飲めないんじゃないかなと、雛子は思っただけなのに。

「デートにタケを……ああ、タケって俺の運転手をしてくれてる奴なんだけど……アイツを待たせていたら、ゆっくり話せないだろ？」

デートという単語に心臓が跳ねる。けれど、ここで大袈裟《おおげさ》に反応してはいけないと雛子は自分を律した。

彼はモテるし女性の扱いにも慣れているに違いない。

現に以前の自分は朝哉の甘い言葉やスマートなエスコートにあっという間に陥落《かんらく》し、二人の永遠の未来を夢見て……あっけなく捨てられたのだ。

今日もカッコいい車で待ち構えていた彼の姿にドキッとしたし、スーツ姿は大人の色気が感じられて素直に素敵だと思った。

運転中の横顔に思わず見惚《みと》れてしまったことは内緒だ。

――朝哉はきっと女性と二人で会うたびにデートって言ってるんだろうな、深い意味もなく。自分の言葉が相手をどれだけときめかせるか、どんなに期待するか考えもせずに。

朝哉に期待することをとっくにあきらめた雛子は気づいていなかった。

目の前の彼が身につけているのがシルク生地で仕立てたオーダーメイドの高級スーツで、わざわざ接待で寿司を食べるためだけに着るようなものではないということに。

そして、朝哉の運転で乗ってきた黒い車が国産車の中では最高級クラスのモデルで、二シーターなのはいつか雛子と二人きりで乗ることを夢見ていたからだ……ということに。

＊

一方、デートという言葉に無反応の雛子に、朝哉は心の中で落胆していた。

デートには自分の車で行け……と言ったのはヨーコだ。

『オンナは運転中のオトコの横顔やハンドルを握る手にグッとくるモノなんですヨ！』

――ごめんヨーコ、雛子はグッともキュンともきていないようだ。

何年ぶりかのデートに動揺しまくりで、以前の自分がどうやって雛子と接していたかも思い出せない。こんなことだったら竹千代に運転してもらい、酒を飲んだほうが口も滑らかになっただろうに……と考えたところで、プルプルと首を横に振る。

──駄目だ！　酒の力を借りて喋《しゃべ》ったってヒナに気持ちが伝わるはずがない。今まで陰でいろいろ策を弄《ろう》してきたけれど……ここからは真っすぐ自分の気持ちを伝えていくしかないだろう⁉

「あのさ、ヒナ……俺は今日、お酒を一滴たりとも飲まないよ」

「そうか、車で来ちゃったものね。だけど代行を頼めば大丈夫なんじゃないかしら。私はお酒に弱いから飲まないけど、気にしないで」

「そうじゃなくて、俺はただ、酔ってない状態でヒナと話をしたくて……」

「──お待たせいたしました」

大将みずからが寿司下駄を運んできたところで会話が途切れる。

テーブルに置いた寿司を一貫ずつ丁寧に説明されたものの、その内容は朝哉の頭にはほとんど入ってこない。

大将の言葉に相槌《あいづち》を打ち、向かい側で丁寧に頭を下げて微笑《ほほえ》んでいる彼女をひたすら見つめる。

──六年前まで、彼女のこの笑顔は俺のものだったのに。緩やかなアーチを描くその唇も……

あらためてそう思うと、これまでの離れていた六年間のことが走馬灯のように頭の中を駆け巡った。

やっと会えた、やっと話せた、やっと二人でデートすることができた……たとえ彼女にその気がないとしても……だ。

目蓋《まぶた》の奥が熱くなる。鼻の奥もツンとしている。

大将が去った後、そんな朝哉を見た雛子がギョッとした顔をした。

鏡がないから見られないけれど、きっと自分の顔は相当みっともないことになっているのだろう。

下唇を噛んでグッと堪えていても、頬が震えて目も潤《うる》んでくる。

朝哉は急いでエンガワを口に放り込んだ。

「ハハッ……わさびが鼻にツンときた」

お茶を飲んで無理やり笑顔を作ってみせると、雛子がハンドバッグから花柄のハンカチを取り出す。手を伸ばし、朝哉の目尻をそっと拭《ぬぐ》った。

そのままハンカチを彼の手に握らせる。

「大丈夫？　帰国早々お仕事で疲れてるんじゃない？　まだ若いのに専務って、きっと重責よね。私のことは気にせず、今日はもう帰って休んだほうが……」

——ああ俺、本当にヒナが好きだ。この子のことが大好きだ……

彼女がこういう人だから好きになった。

彼女のために別れることを選んだ。

だけど離れても忘れることなんてできなかった。

「嫌だ、帰らない……」

「えっ？」

「ヒナ……俺と付き合って。もう一度俺を好きになって……」

胸一杯に広がった想いが、スルリと口からあふれ出ていた。

＊

――朝哉が泣いている……驚いた。男の人が泣くのを見るのは初めてだ。

彼はわさびのせいだと言うけれど、違うということは雛子にもわかる。

付き合い始めてから婚約無効までのおよそ八ヶ月。

たった八ヶ月の付き合いで何がわかるのだと言われればそれまでだけど、雛子の覚えている朝哉はいつも自信にあふれ、光り輝く笑顔を見せてくれていた。

『ヒナ……俺と付き合って。もう一度俺を好きになって……』

そう言った彼の真意はわからない。

だけど、涙ぐみながらそんな言葉を口にしてしまうほど、今は弱っているのだろう。

そして、弱った弾みで出た言葉で胸にギュッと痛みを感じるほど、自分はまだ彼への想いを捨て切れていないのだ……と気づいてしまった。

黙った雛子を濡れた瞳で見つめ、朝哉が懇願《こんがん》する。

「俺、ヒナがいないと駄目だ。俺の傍《そば》にいて……」

心がグラリと揺れ動いた。

でも、ここで絆《ほだ》されてはいけない。

彼が自分を好きだと再び錯覚をし、また突きはなされたら、今度こそ二度と立ち直れなくなる自信がある。

だから、そう、これは絆《ほだ》されたわけじゃない。

「きっと疲れているのね。おじさまが戻られるまでだから何日もないと思うけれど、私でお役に立てることがあれば言ってちょうだい」

すると、朝哉はテーブルに身を乗り出し雛子の手を取ったのだった。

「ヒナ、俺の秘書になって」

＊

月曜日の朝。

雛子はヨーコと共に車から降りると、沢山《たくさん》の窓がキラキラと光り輝くシルバーの建物を見上げた。

やはり日本有数の大企業――クインパスの本社は規模が違う。

クインパスグループは、年間売上高が六千億円を超える光学機器や医療機器メーカー業界のトップで、特に消化器内視鏡では世界トップシェアを誇っている。

加えて、六年前の白石メディカ買収により心臓カテーテル分野にも事業を拡大し、他社の追随《ついずい》を許さないほどの地位を築き上げた。

その自社ビルは新宿《しんじゅく》の一等地にある。高層階をグループの企業が占める一方で、他企業にもテナントとして貸し出し、地上二十階、地下一階建てという立派さだ。

このクインパス本社で、今日から雛子は秘書見習いとしてヨーコの下で働く。

ヨーコは専務付きの秘書なので、すなわち朝哉がボスだ。

雛子がクインパスで働くことを了承したのは、涙ぐむ朝哉を前にして断ることができなかった……というのもあるが、何もせずにマンションにいるよりもヨーコの下で学ぶほうが有意義だと思ったからだった。

なんでも、おじさまの出張は長期に亘《わた》る上、彼が帰ってくるまで雛子のポストはないらしい。

これはすべて、おじさまに頼り切っていた自分の甘さが招いたことだ。

おじさまが帰ってきた時に足手纏《まと》いにならないよう、できることがあればなんでもしておきたい。

そしてもう一つ、クインパスに買収された白石メディカのその後が気になっていたことも理由だ。

当時のニュースでは友好的M&Aだと報道されていたけれど、本当はクインパスが仕組んだ乗っ取りだと雛子は考えている。

実際、叔父は失脚後しばらくして姿を消し、音信不通になった。何かがあったに違いない。

――朝哉の傍《そば》にいればきっと情報が得られるはず。

それはともかく、実は朝哉にとっても、今日が専務として初出勤の日なのだという。

もっとも真面目な彼は帰国した日から本社に顔を出しており、取引先リストや事業報告書に目を通していたらしい。

『センムは仕事とヒナコのこととなると無茶をしがちですのでネ、暴走しないように気を配るのも私たちの仕事なのですヨ。健康管理もそう。だからヒナコ、センムに優しくしてあげてくださいネ』

昨日マンションに来たヨーコからそう聞かされた。

――仕事と……私のことで無茶？

そう考えて、思い当たる。

見習いとはいえ、なんの実績もない二十二歳の娘がいきなり専務付きの秘書となるのだ。

それに異議を唱える人もいただろうし、急なことで手続きが大変だったに違いない。

いくら朝哉とあしながおじさまが懇意《こんい》にしているとはいえ、いきなり雛子を押し付けられたのだ。

自分の知らないところで無理をさせてしまっていたのだろう。

――なのに私は自分のことばかりで……

過去の出来事にこだわって、ずいぶん嫌な態度をとっていたように思う。

機内でも空港でもツンケンしていた雛子を、それでも朝哉は引き受けてくれたのに。

一方の自分はといえば、もうすぐおじさまに会えると浮かれてばかりで朝哉の負担を考えもしなかった。

土曜日だって、彼は雛子と食事をした後で仕事をしていたのだ……

だから雛子は、過去のわだかまりを頭のすみに追いやって、目の前の仕事に全力を尽くそうと考えを改める。

いつまでなのかはわからない。だけどおじさまが帰国されるまでは、クインパス専務の秘書としてできる限りのことをしよう。

その時ふと、隣からベルガモットの爽《さわ》やかな香りがふわりと漂《ただよ》ってきた。

気づくと朝哉が隣に立って、一緒にビルを見上げている。

必要ないと言ったのに、彼は竹千代とヨーコを伴い迎えにきてくれて、一緒に出勤してきたのだ。

彼が必要となる専務の挨拶《あいさつ》まではまだ一時間以上も先。上司が秘書を迎えにくるなんて本末転倒だと思う。

「……立派なビルですね」

「ああ、ヒナは来たことなかったもんな」

その前に別れてしまったから……とは、お互い口に出さなかった。

「ヒナ、今日からよろしくな」

「こちらこそ、よろしくお願いいたします」

「さっそく敬語か……まあいいや、さあ、行くぞ。ヨーコもよろしく頼む」

「はいセンム」

背筋を伸ばして颯爽《さっそう》と歩き出す朝哉は、既《すで》にクインパス専務の顔になっている。

エントランスホールに入ると、モデル並みに綺麗な受付嬢が二名、深々とお辞儀をした。

朝哉は慣れた様子で「おはようございます」と笑顔で応え、立ち止まることなく通過していく。

相変わらず女子の視線には無頓着《むとんちゃく》らしい。

雛子が振り返ると、受付嬢がうっとりした眼差《まなざ》しで彼を見送っていた。

一方、先に入っていたヨーコがエレベーターの扉を開けて待っている。朝哉はそれが当然のように乗り込むと、今日のスケジュールの確認を始めた。

「カイチョーとシャチョーが到着し次第、第一会議室で役員会議、そこでセンムに挨拶《あいさつ》していただきます。その後でシャチョーと共に各部署への挨拶《あいさつ》回りデス」

「了解、午後からの予定は？」

——わっ、凄《すご》い。

二人共さっきまでのくだけた空気が嘘のように、仕事モードに切り替わっている。

エレベーターの対応もそうだが、やはりヨーコからは学ぶことが沢山《たくさん》あると、雛子は実感した。

「午後からは社内報のインタビューがありマス」

「いきなりインタビューかよ、俺はまだ、専務としてなんの実績もないぜ」

「イケメンの写真が載ってると社内報が捨てられなくて済むのデス」

「しょーもな。ホストじゃあるまいし」

そしてこの二人は本当に息が合っているな……とも思う。

ついこの間、ヨーコが秘書になって一緒に仕事を始めたばかりのはずなのに、まるで長年の付き合いみたいだ。

それに比べて自分と朝哉の八ヶ月間はなんだったのか。

無意味だったのかな、悔しいな……などと考えてしまう時点で、まだ吹っ切れていないのだろう。

——なんだったも何も、遊ばれてただけだし。

漫才みたいにテンポのよい会話を続ける二人の後を、雛子は苦笑しながらついていくのだった。

専務室は役員用の部屋だけが入る最上階にあった。

ドアを開けてすぐのスペースに秘書用のデスクが二つ並んで置かれており、半透明のパーテーションで仕切られたその奥に、大きな窓を背にしたウォールナットの役員机が鎮座《ちんざ》している。

左側に書類用のキャビネット、中央には応接セット、右奥のドアは給湯室に続いている。

「あれっ、元々秘書は二人の予定だったんですね。私がいなくなったら、どなたかがいらっしゃるんですか？」

二つの秘書用デスクとパソコンを見ながら雛子がそう尋《たず》ねると、朝哉とヨーコが同時に

「「えっ⁉」」と大声を上げた。

「ヒナコ、これは……」

「ヒナ、それは……」

「俺が使ってたデスクです」

男性の声で返事がある。部屋の入り口に運転手の男性が立っていた。彼の名前は青梅竹千代だと朝哉に紹介されている。

「俺がこの部屋のセットアップを任されていて、専務が帰国されるまでここで作業してたんですよ。もう必要ないので、そのデスクは雛子さんのものです。パソコンの設定も雛子さん用にしてあるので、パスワードを入れて使ってください」

他の二人が「「タケ、でかした！」」とまたしても大声を出す。

本当に彼らは仲がいい、まるで長年の親友みたいだと、雛子は微笑《ほほえ》ましく思った。

ヨーコがパソコンを起動させて今日のスケジュールを再確認し、同じく専務用の机でパソコン画面を見ている朝哉に声をかける。

「センム、カイチョーとシャチョーの出社予定は九時デスよ。まだ一時間あります」

それがなんだという表情の朝哉に、彼女はチッと舌打ちする。

「ヒナコに屋上からのキレイな景色を見せてあげようと思うのデスが……ワタシが案内してもいいのデスか？」

「あっ！」

そこで朝哉がハッとしたように口を開け、勢いよく立ち上がった。

「ヒナ、屋上庭園を案内する」

「屋上庭園……ですか？」

――興味はあるけれど……

二人だけというのに雛子が躊躇《ちゅうちょ》していると、彼は眉尻を下げてボソリと言う。

「ただ見せたいだけだから……付き合ってくれないかな」

「私は……」

「ヒナコ、社内の施設を把握しておくのも大事ですヨ。センムのお供をお願いシマス」

間髪《かんはつ》容《い》れずにヨーコから言われ、雛子は自分の未熟さを思い知った。

——そうよね。仕事の一環なのに私だけが意識して馬鹿みたい。

「わかりました。お供させていただきます」

「ん……ありがとう」

微妙に距離をあけつつ二人は横並びで屋上に向かった。

一般社員が屋上に行くにはエレベーターを使用しなくてはならないが、役員は別だ。

役員室のあるフロアーを突き当たりまで進み、三段だけの幅広い階段を上がるとガラスドアがある。そこを開くと目の前が、緑の芝生《しばふ》が広がる屋上庭園だ。

芝《しば》の敷かれた部分には花壇が点在しており、間を縫うように小径が作られている。残り半分のウッドデッキ部分には、白い丸テーブルが二つとベンチが六基。

ランチタイムには社員の憩《いこ》いの場《ば》となるのだろう。

「わぁ、綺麗！」

「うん、その先まで行ってみて」

ガラスドアを後ろ手で閉めながら、朝哉が笑顔でフェンスのほうに顎《あご》をしゃくった。

言われるまま白いフェンスまで歩くと、そこから西新宿のビル街が見渡せる。

「凄《すご》い……このビルの屋上にこんな空間があったなんて……」

「うん……俺と兄さんが小さい頃は、祖父《じい》さんがよくここに連れてきてくれてさ」

「そうなんだ、定治さんが……」

朝哉が隣で同じ方向をながめながら、「そう」とうなずく。

「……今おまえたちが立っている美しい庭は、その足元で働いている何万人という人たちの努力でできている。この美しい場所をより美しくするのも枯らすのも、おまえたち次第だ……って、ここに来るたびに言われてさ」

その頃はなんの気なしに聞いていたが、今ならその意味がよくわかる……と語った。

「誰かがここを引き継いで守っていかなくちゃならないんだ。この庭を枯らすわけにはいかない」

そう呟《つぶや》く横顔を、雛子はチラリと盗み見る。

まぶしそうに細める視線の先には、この会社の未来が見えているに違いない。

固く引き結んだ口元が、彼の決意を表している。

だから彼は会社のために六年前のあの決断をしたのだった。

彼の進む道に雛子は必要なかった、ただそれだけのこと。

いつか彼に相応《ふさわ》しい誰かが、ここで同じ景色を見るのだろう。彼と並んで。

「……朝哉ならきっとできるわ、応援してる」

雛子がフイッと視線を遠くの景色に戻すと、今度は朝哉がその横顔に目を向けた。

交わらない視線が、まるで今の二人の関係のようだ。

「俺……この景色をヒナに見せたいって、ずっと思ってたんだ」

「……そう」

――もしもあのまま婚約していたら……

十六歳の自分は婚約者としてこの景色を見られていたのだろうか。

優しく肩を抱かれて頭を預け、朝哉の隣でうっとりと沈む夕陽を見る……そんな未来があったのかもしれない。

――馬鹿みたい……今さらだわ。

ありもしない『もしも』を考えたって仕方ないのに。

苦笑しながら首を横に振り、雛子は隣をチラリと見る。すると、ジッとこちらを見つめる真剣な眼差《まなざ》しとぶつかった。

「やっと見せられた」

「えっ」

「この六年間……いつか来るこの日をずっと待ち望んでた」

その言葉に、心臓がドクンと鳴る。

「ちょっと、何……」

――六年間……ずっと、って……

「……何、言ってるの、あっさり捨てたくせに」

自分の声が震えているのがわかる。

嫌だ……こんなこと言いたくない。惨《みじ》めになるだけなのに……

「あっさりなんかじゃない」

アーモンド型の瞳に真っすぐ見据《みす》えられて、雛子は動けなくなった。

「あの頃の俺は、ヒナと並んでこの景色を見る日が来るものだと……そんな未来が当たり前にすぐそこにあるんだって、信じて疑わなかった」

「だったら」

――どうして捨てたの？　会社のために利用したかったのに価値がなくなったからでしょ？　遊んだら用済みなんでしょ？

「俺が甘かったんだ。生まれた時から恵まれた環境で育って、そこにあるものすべてが与えられて当然で。実際、望めばすぐに手に入った。俺の人生は順調で、好きな子に好きだと言ってもらえて、求めたら求められて……」

「やめて！　どうしてそんなことを言うの!?」

「俺はもう、泣き寝入りなんてしない。欲しいものを自分自身で手に入れて、守るだけの力がある」

この人は何を言っているのだ。今さら過去の話を掘り返して、どうしようというのだろう。

――人の傷口を抉《えぐ》って楽しいの？

「ヒナ……ごめんな」

「何を今さら」

彼の『ごめんな』は聞きたくない。暗い記憶が呼び起こされるから。

雛子は思わず一歩後ずさる。

「ごめん……」

朝哉が一歩前に出た。

次の瞬間、手首を掴まれ、引き寄せられる。硬い胸にポスンとぶつかり、懐かしい香りが鼻孔をくすぐる。

「ヒナ、ごめんな……いくら嫌がられても、今度はもう、おまえをあきらめない」

絶対に逃がさない……

六年前に冷たく突きはなした男がなぜか泣きそうな声でそう言った時、彼のポケットでスマホが鳴った。

＊

スマホの発信先はヨーコで、彼女は時宗と定治の到着を知らせてきた。

雛子は急いで朝哉と専務室に戻り、役員会議に臨んだ。

「──ただいまご紹介にあずかりました黒瀬朝哉です。このたび、取締役会の総意を得て、専務取締役の大役を仰《おお》せつかることになりました……」

今朝の会議は、予定通り社長に紹介された朝哉の挨拶《あいさつ》から始まる。

雛子は第一会議室の片隅で、ヨーコと共にお茶出し要員として控えていた。

朝哉のスーツ姿を見るのは初めてというわけではないのに、ドキドキしている。

彼は仕事姿となると印象が変わるのだ。

百戦錬磨《ひゃくせんれんま》の役員たちの注目を浴びながら、朝哉は臆することなく堂々と挨拶《あいさつ》していた。

年配者が多い中、余計に溌剌《はつらつ》と輝いて見える。

――ついさっきまでの朝哉とは別人みたい。

『絶対に逃がさない……』

屋上庭園で雛子を抱き寄せ切なげに囁《ささや》いた彼の姿が嘘みたいだ。

あの時、ヨーコからの電話を切った朝哉は「ちっ早すぎなんだよ……」と憎々しげに呟《つぶや》いて、雛子を見つめた。

『ごめん、景色を見せたいだけだなんて言って……でも最初から騙《だま》すつもりじゃなくて、こう、感情が昂《たかぶ》ったっていうか……』

『うん』

けれど、彼が言葉を続けようとした時、もう一度電話が鳴ったのだ。

『センム、早くお戻りください！　シャチョーがお待ちデス』

『くそっ！　……ヒナ、あらためてちゃんと話そう』

『えっ』

――あのまま話が途中になってしまったけれど……

そこで会議室にドッと笑いが起こり、雛子は現実に引き戻された。

朝哉の挨拶《あいさつ》は続いている。ユーモアを交えた完璧なスピーチだ。

「凄《すご》い……カンペなしだわ」

思わず声に出すと、隣でヨーコが「本当に」と同意する。

「社員全員の顔と名前を覚えると言って、帰国前からワタシに顔写真入りのリスト作成を依頼してきたんデスヨ。昨日は私とヒナコがランチをしていた時間、センムはスピーチ原稿を書いていたはずデス。そんなに忙しくても、土曜日のヒナコとのディナーには喜んで出かけていきました。ヒナコ、愛されてますネ」

「ねえ、前から思ってたんだけど、ヨーコさんって以前から朝哉のことを知って――」

その時、パチパチと拍手が起こる。

雛子とヨーコが正面に向き直ると、朝哉がゆっくりとお辞儀をするところだった。

パラパラと鳴り始めた拍手が全員に広がり、会議室がワッと沸き返る。

うんうんと顔を綻《ほころ》ばせている会長の定治。スピーチを終えた朝哉と握手を交わし、笑顔で肩に手を置く社長の時宗。この瞬間に、朝哉は後継者として皆に認められたのだ……と、雛子は目の前の光景を眩《まぶ》しく見つめた。


「――雛子さん」

しばらくして、会議が終わる。片付けをしているところに、後ろから声をかけられた。

「会長……どうもご無沙汰しております」

振り向くと、馴《な》染《じ》みのある杖をついた老人が、ニコニコと微《ほほ》笑《え》みかけていた。

この老人――朝哉の祖父である定治に会うのも六年ぶりだ。

「聞いているよ、朝哉に秘書としてついていてくれるそうだね」

「いえ、ただの臨時見習いで……まだ初日ですが、勉強させていただいております」

「そうか、それはよかった……ところで、今日のお昼は時間があるかな？」

「えっ？」

「時宗と朝哉とランチに行くんだが、一緒にどうだろうか」

戸惑《とまど》う雛子のすぐ傍《そば》で「ちょっと、俺は聞いてないんだけど」と不機嫌な声が上がる。

朝哉が雛子を背中に庇《かば》うようにして割り込んできた。

「今日のお昼はヒナと二人でランチに行くつもりだったんだ」

――ええっ、聞いてない！

「だったらちょうどいい。雛子さん、『山水亭《さんすいてい》』のしゃぶしゃぶはお好きかな？」

「いえ、その、私は……」

久しぶりの家族の時間に部外者がお邪魔するなんてとんでもない。

――しかもその部外者は、途中で婚約を破棄した相手じゃないですか！

なのに定治は勝手に話を進めていく。

「赤城《あかぎ》、一名追加で連絡を入れてくれ」

「畏《かしこ》まりました」

「……ということで、雛子さん、お昼に赤城を迎えに寄越すのでな。お腹《なか》を空《す》かせておいてくれ」

「会長！」

「おい、祖父《じい》さん！」

定治が秘書に付き添われて会議室を出ていった後、雛子は朝哉とポカンと顔を見合わせたのだった。

バタバタと過ごしているうちに昼が近づいた。

「――雛子様、お迎えにあがりました」

十一時四十五分ぴったりに、会長秘書の赤城が専務室に現れる。

だが、あいにく朝哉は席を外していた。

「あの、まだ専務は戻られてないいんですが」

「専務は後から社長といらっしゃいます。雛子様は会長とご一緒に」

「えっ、会長と一緒なんですか⁉」

お迎えが来るとは聞いていたものの、まさか会長と一緒に向かうとは。

救いを求めてヨーコを見ると、「カイチョーをお待たせしちゃダメ！　早くイッテ！」とせかされる。

雛子は大急ぎでロッカーからバッグを取り出し、赤城についていった。

「雛子様、ご無沙汰しておりました。またお会いできて嬉しく思います」

エレベーターで地下一階のボタンを押しながら、赤城が温和な笑みを浮かべる。

「はい……お久しぶりです」

この会長秘書と会うのも六年ぶり。今日は気まずい再会ばかりだ。

「朝哉様もさぞかしお喜びでしょうね」

「いえ、そんな……」

――ごめんなさい。彼は知人から私を押し付けられただけなんです。

この人はどこまで事情を知っているのかしら……と、雛子が曖昧《あいまい》な笑みを浮かべているうちに、エレベーターは地下の駐車場に到着した。

白手袋をした運転手にドアを開けられ、黒塗りの国産車に乗り込む。隣から定治に微笑《ほほえ》みかけられた。

「雛子さん、お帰り。来てくれてありがとう、嬉しいよ」

朝哉から聞いているのか、まるで雛子がアメリカ帰りだと知っているような口ぶりだ。

「いえ、こちらこそ、ご家族の食事会にお邪魔していいんでしょうか」

定治の真意が掴めない。会長命令だから従ったものの、どうして自分がこの場にいるのか疑問に思う。

「私が無理やり誘ったというのに、あいかわらず優しい子だ。だがね、私が『ありがとう』と言ったのは、会社に来てくれたことに対してだよ」

――えっ？

「朝哉の秘書になってくれたことだ。見習いと言っていたが、アイツは大喜びしているんじゃないかい？　いろいろすまなかったね」

「いえ、私は一時的にお世話になっているだけですので」

そう答えると、定治が「んっ？」と眉間《みけん》に皺《しわ》を寄せ、助手席に座っている赤城に視線を移した。

「私は秘書課長から『朝哉様が直々《じきじき》に白石雛子という名の新しい秘書を採用した』との報告を受けておりますが」

――あっ、勘違いしているわ。

「違うんです。私は高校時代からお世話になっている方の下で秘書をさせていただくことになっているんですが、その方が急遽《きゅうきょ》海外に行ってしまわれて……」

「なんと……海外……と」

「はい、その方と朝哉さんがたまたま知り合いで、代わりにお世話をしてくださっているだけなんです。秘書というのもその間だけのことで……」

「ふむ……」

定治が思案顔になり、しばらく黙り込む。

「さてはアイツ、怖気《おじけ》づきおったな」

「えっ、なんでしょうか？」

ボソリと何か呟《つぶや》いたのを雛子は聞き返したけれど、「いや、なんでもない」と誤魔化《ごまか》されてしまった。

雛子がつれていかれた『山水亭』は駅近くのビル二階にある割烹《かっぽう》料理の店で、一歩中に入ると上品な和の世界が広がっていた。

案内された個室には掘りごたつが設置され、天井まである一枚ガラスから美しい坪庭を眺められる。

雛子が緊張で畏《かしこ》まっていると、ドタドタという足音と共に朝哉が駆け込んできた。

「このたぬきジジイ！　どうして待っててくれなかったんだよ！」

「朝哉、店内で走るでない。おまえは時宗の車があっただろう」

「そういうことじゃなくて……ヒナ、大丈夫だったか？　……おい祖父《じい》さん、余計なことを言ってないだろうな」

彼は定治を睨《にら》み付《つ》けたまま雛子の隣に座る。

「うむ……そうだな、余計なことは言ってないが、おまえも何も言っていないということがわかったぞ」

「なっ！　……祖父《じい》さん、もしかして」

「だから余計なことは言っておらん。ただ、雛子さんがお世話になっている方が海外に行っていると教えてもらっただけのことだ」

今度は定治がギロリと朝哉を睨《にら》み付《つ》け、怯《ひる》んだ彼は口籠《くちご》もった。

――なんだか険悪な雰囲気……

やはり自分が来るべきではなかったと雛子が後悔していると、引き戸の外で声がする。

「お連れ様がいらっしゃいました」

今度は女将に案内されて時宗が入ってきた。けれど、席にはつかず、彼はその横の畳に正座する。

そして背筋を伸ばし、切腹前の武士のごとく膝《ひざ》に手を置いた。

そのまま神妙に頭を下げると、真っすぐに雛子を見つめる。

「雛子さん、本当に申し訳なかった」

「えっ」

戸惑《とまど》う雛子の隣で、朝哉が「ちょっ！」と小さく叫ぶ。

「あの時、私が朝哉に命じたことは、まだ十代の高校生だったあなたにとって……いや、女性にとって、本当に酷なことだったと思います」

「父さん！」

「いくら謝っても謝り足りない……ですがあなたはこうして朝哉を許してくださった。本当にありがたいと……」

「父さん、待って、違う！」

「時宗、どうやら私たちの勘違いだったようだよ」

「えっ、勘違い？　会長、それはどういう……」

「社長、私も知りたいです。それはどういう意味なんでしょうか」

雛子が低い声で問いただすと、その場がシンと静まり返った。

しばらくののち、「は～っ」と朝哉の口から深い溜息《ためいき》が漏れる。

「……だからこんな食事会、嫌だったんだよ」

彼が片手で額《ひたい》の汗を拭《ぬぐ》ったのを合図に、定治が時宗に向き直る。

「時宗、雛子さんは朝哉を……私たちを許したわけではないようだ。それどころか何も知らん」

「知らないって……朝哉、おまえ……。ですが、それなら雛子さんはどうしてここに……」

時宗は、朝哉と雛子の顔を交互に見ながら意味がわからないという顔をする。

雛子は掘りごたつから足を出すと、時宗の前で膝《ひざ》を揃《そろ》え、硬い表情で口を開いた。

「社長、今おっしゃったことはどういう意味なのでしょうか。六年前に朝哉さんと私に起こったことに、社長と会長が関係しているのですか？」

「ヒナ、父さんたちは関係ない、俺が決めたことだ」

「朝哉、それでは雛子さんが納得できんだろう。私から説明させてもらう」

そう言って構えた時宗を、朝哉が遮《さえぎ》る。

「父さん、待って。だったらヒナには俺が話したい。ヒナ……俺の話を聞いて？」

朝哉の申し出に時宗と定治がうなずき合った。

「どうやら二人には、まだ話し足りないことがあるようだな」

「祖父《じい》さん……」

「赤城、女将《おかみ》を呼んでくれ」

「はい、只今」

定治が障子戸に向かって声をかけると、しばらくして女将《おかみ》が顔を出す。

「急で悪いんだが、個室をもう一つ用意してもらえんだろうか。若者だけそちらで食事をさせたい」

「はい、畏《かしこ》まりました。すぐにご用意させていただきます」

「雛子さん、昔みたいに定治さんと呼んでくれないかい。もしも私を許してくれるなら……だが」

「会長……」

「定治さん……」

定治は「うんうん」と相好《そうごう》を崩すと、ドアの外に視線をやり、もう一度雛子に微笑《ほほえ》みかける。

「どうやら部屋の準備が整ったようだ。さあ立って……朝哉、さっさとエスコートしないか」

あとは若いお二人でだなと呟《つぶや》く定治と、こちらを見上げてお辞儀をする時宗に見送られ、雛子は朝哉につれられて席を立ったのだった。

3　婚約破棄の真実

『白石雛子、十五歳の私立女子高校一年生。白石メディカ社長、白石宗介の一人娘。母親は彼女が十歳の時に乳癌《にゅうがん》で死亡』

白石メディカは循環器用カテーテルの製造、販売を中心に行なっている医療機器メーカーである。元々は雛子の祖父の代に白石工業という会社名で注射針の製造を主に扱っていたものが、宗介が特殊なガイドワイヤーを開発し特許を取得したことから、一気に業績を伸ばした。

会社名を『白石メディカ』に変更後は、製造部門を『白石工業』として子会社化して、宗介の弟である大介に任せている。

業界十位以内には入っていないものの、従業員数百八十名、子会社の白石工業も合わせると九百名を超す大企業だ。

——父、時宗が朝哉に持ってきた見合い相手の情報は以上だった。

本人のことよりも会社の情報のほうが圧倒的に多い。本人の意思よりも会社同士の繋がりのほうが大事ということなのだろう。

「彼女が見合い相手だ。今度のパーティーに来るから見ておくがいい」

渡された写真は、お見合い写真にありがちな表紙付きのそれではなく普通のL版サイズで、高校の制服を着た少女が微笑《ほほえ》んでいるものだ。

とりあえず向こうの親から手元にあったのを一枚もらってきたという感じ。

まだ相手の娘には話も伝わっていない親同士の口約束。

釣書もないのにこうして朝哉に話したのは、宗介が今度のパーティーに雛子を連れてくると約束したからだという。先に見ておいて損はないだろうということらしい。

相手が知らないのにこちらだけが知っているというのはアンフェアな気がしないでもないが、せっかくの機会を逃す手はないと、その時の朝哉は思った。

――まあ、遠くから顔だけ拝《おが》んでおくか。

そんな気持ちで出席したパーティーで、雛子を見つけたのだ。

そのパーティーは年に数回行われている懇親会《こんしんかい》のようなもので、医療品メーカーや総合病院の関係者が集まって名刺交換をする場だった。

そんなパーティーに若者が多い理由も知っている。

『お見合いパーティー』を兼ねているのだ。

実際には、親同士が子供の相手を見つけるための会と言うべきか。

ある程度の地位や資産がある家庭では、それらを守るために、または会社の利となる家庭との繋がりを求めるために、見合いという手段をとることが多い。

ただ、今の時代、家のための結婚に抵抗を示す者も少なくないため、こういったパーティーの場で出会わせて、あくまでも『本人の自由意志による恋愛』という形に持っていくのだ。

それがたとえ経済界という籠《かご》の中で仕組まれた出会いだとしても、恋愛は恋愛だ。

朝哉がそんなパーティーに出席する気になったのは、見合い相手を見てみたいという好奇心以上に、なんとか欠点を見つけて断る理由を作れないかという目的のためだ。

父親は兄の透《とおる》よりも朝哉のほうに期待を寄せている。

それは朝哉が高校に入学した頃からあからさまで、だからこそ今回の見合いの話も兄ではなく自分に持ってきたのだろう。

透は自由恋愛をしても構わないが、朝哉には会社に利のある結婚相手を……ということだ。

——簡単に言いなりになるかよ。

そんな気持ちで挑んだパーティーで、雛子はいい意味で目立っていた。

胸元を強調したドレスと厚化粧で飾り立てられている女性が多いなか、彼女はシンプルな濃紺のシフォンドレスに一粒真珠のネックレスという上品な装《よそお》いをしていた。

父親の腕に掴まり年配の経営者たち相手にニコニコとお辞儀をする姿は、ちょっと背伸びをしている感じだ。まるで爺《じい》さん連中に可愛がられる孫みたいだと、見ていてついクスッと笑いが漏れる。

——写真よりも実物のほうが可愛いな。

写真の雛子も悪くはなかったけど、笑顔が強張《こわば》っていて堅苦しい印象を受けた。

本物はもっと柔らかい。全体的にふんわりした雰囲気を持ちながらも、瞳に力があって賢そうだ。

見合い相手とかそういうのを抜きにしても、目を惹《ひ》かれる。

ある程度観察したら会場を抜け出して帰ってしまおうと思っていたはずなのに、朝哉はそのまま壁にもたれて彼女を見続けた。

次々と話しかけて来る女どもはウザいが、「あそこに彼女がいるんで」と雛子を指差すと大抵は離れていく。

この間もパーティー会場の入り口でぶつかりかけてバッグを落とした女が、「先ほどはバッグを拾っていただきありがとうございました。外に出てゆっくりしませんか？」としつこく腕をからめてきたが、今後は「俺、彼女以外にはその気にならないから」と睨《にら》み付《つ》けてやれる。

そんなふうに雛子を勝手に彼女扱いしてた時点で、きっと自分の中では始まっていたのだろう。ただ自覚がなかっただけで。

一通りの挨拶《あいさつ》が終わったのか、老人の輪が崩れたところで雛子が一人で廊下に出ていく。

トイレなのかな？　と思いつつ、少し遅れてあとを追った。

どうにかして話しかけられないかときっかけを探す。

すると、廊下の向こうから杖をついて歩いて来る老人が見えた。祖父の定治だ。

今は現役を退《しりぞ》いて会長となっているものの、今もなお、経済界での影響力は絶大で、ビジネス本を書いたり講演会に呼ばれたりと忙しくしている妖怪ジジイ。

朝哉が定治に声をかけようと思った時、定治が雛子の存在に気づいて、急に「おっと……」とよろけるフリをした。よろけたのではない、『フリ』だ。

かなりわざとらしい動きだったのに、雛子は走り寄って「大丈夫ですか」なんて声をかけている。

――さては祖父《じい》さん、俺の見合い相手を知ってるな。

定治は厳しく優秀な経営者だが、その一方で非常に茶目っけのある老人だ。

目の前を歩いてくるのが孫の見合い相手と気づいて、ちょっかいをかけたくなったに違いない。

雛子はそんな嘘つき老人を本気で心配しているようだ。窓際のソファーに座らせ、顔をのぞき込んでいる。

「大丈夫ですか？」

「ああ、ありがとう。こういう華やかな場に顔を出すのは久し振りなものだから、どうも疲れが出たようだ」

「わかります。私も慣れない香水の匂いと人混みに酔っちゃって。ちょっと待っててくださいね」

彼女は一旦会場に戻ると、水の入ったグラスとフルーツを盛った皿を持ってきた。ガラステーブルの上にコトリと置いて、自分は老人の向かい側に腰を下ろす。

――おいおい、普通は食べ物なんて持ち出さないだろ。

「お水をどうぞ。ふふっ、本当はこういうのは駄目なんでしょうけど、こっそりフルーツを取ってきちゃいました。一緒に食べませんか？」

定治はグラスを手に取り水を飲むと、わざとらしく「フゥ……」と息を吐き、雛子に微笑《ほほえ》みかける。

「ありがとう。もう大丈夫だから、私に構わずパーティーを楽しんでおいで」

「いいんです。父にパートナーとして連れ出されたんですけど、仕事の話はわからないし、あんな場所じゃ、せっかくのお料理も落ち着いて食べられないじゃないですか。トイレに行くって言って逃げてきちゃいました」

「それじゃあ、そろそろ戻らないといけないんじゃないかい？」

「いいえ。大丈夫です。元々乗り気じゃなかったし」

――うん、今の表情のほうがずっといい。

彼女はきっと大人の集団の中で萎縮《いしゅく》していたのだろう。パーティー会場にいた時よりも今のほうがイキイキしている。

朝哉は、自分の顔が緩んでいるのがわかった。

もっと会話を聞きたくなって、二人にもう少し近づいてみる。

「知ってます？　今日のパーティーって、お見合いパーティーも兼ねてるんですって」

「ほう、そうなのかい？」

「そうなんです。そのせいか、会場にいる人たちの顔つきがみんなギラギラしているように見えて、獲物を狙う肉食獣みたい。私、怖くて」

雛子が自分の身体を抱きしめて大げさに身震いした。

――肉食獣って……。

朝哉は思わずプッと噴き出す。

――お見合いパーティーなのに自分は参加する気ゼロかよ。自分がお見合い相手に観察されてるのも気づかず、偉そうに語ってるし。

おまけにマスカットを頬張りながら話してる相手は、見合い相手の祖父だ。経済界の大物でもある。

——くそっ！　面白すぎて、めっちゃお腹痛《なかいて》ぇ！

目の前のシュールすぎる光景に本気で笑えてくる。

気づくと足が前に出ていた。

「ハハッ……祖父《じい》さん、果物を食べると糖尿病が悪化するよ」

「朝哉か。果糖は血糖値が上がりにくいから多少は構わんよ」

雛子は急に現れた見知らぬ男に戸惑《とまど》っている。こちらを見上げて「あの、私、知らなくて……ごめんなさい」と表情を曇らせた。

「いいよ」

朝哉は軽く雛子に手を振る。

「ところで……朝哉、こちらは白石メディカのお嬢さんの雛子さんだ」

「うん、知ってる。初めまして、黒瀬朝哉です」

右手を差し出すと、彼女も立ち上がり、二人は握手を交わした。

「あの……私、名乗ったでしょうか……白石雛子です……」

パッチリした大きな瞳に白い肌。スラリとした手足と艶《つや》やかな黒髪。まるで人形みたいだ。

——これで性格も可愛いって、最強かよ！

「さあ？　それより俺も一緒にいい？」

そう聞く朝哉に、定治がニヤリとする。

「気に入ったのか？」

「うん、気に入った」

朝哉は即答した。

このままじゃ祖父と父親の策略に乗せられるようで癪《しゃく》だけど、それでもまあいいかと思える。

……というか、もうノリノリだ。

「こういう場合はどう言うんだったかな……そうそう、『後は若い者だけでごゆっくり』」

そう言い残して立ち去る定治の後ろ姿を見送ると、朝哉は祖父の茶番に感謝しつつ、雛子の向かい側に腰掛けた。

「こんにちは」

「えっ？　あっ……こんにちは」

雛子は訳がわからないという表情だ。そりゃあそうだろう。自分がずっと観察されていたなんて知るはずもない。

「うちの祖父《じい》さんの面倒を見てくれてありがとうね」

笑顔で当たり障りのない話をした後、種明かしをする。

「知ってた？　俺は君の見合い相手なんだ」

「はぁ？」

親の会社同士で業務提携の話が出ている。それに伴い両家の結束を固めるための婚姻話も同時進行中だ。自分たちは近いうちにお見合いして、婚約する手筈《てはず》になっている……

身も蓋《ふた》もない言い方だが、隠しても仕方のないことなので、そのままを伝えた。

雛子はしばらく呆気《あっけ》にとられていたものの、次第に唇を尖《とが》らせて拗《す》ねた表情になる。

「それじゃ私は父に騙《だま》されたんですか？　父はただ隣に立っていればいいって言ってたのに」

「嘘ではないよ。両家で見合いの話は出てるけど、まだ正式に打診はしてないんだから君に告げる必要もない。君の父上はここに未来の見合い相手が来てることを黙っていただけだ」

「それっ！　それが騙《だま》してたってことになるんですよ！」

正式でないにせよ、そんな話が出ているのなら一言知らせておいてほしかった。こちらにだって心構えというものがあるし、第一知らない間に値踏みされていたと思うと気分が悪い。そう、雛子は一気に言い切る。

「黒瀬……さんは、今日ずっと私を観察してたんですか？」

「ずっとじゃないけど、ちょいちょい見てた。将来伴侶になるかもしれないんだし、そりゃあ気になるでしょ。あっ、俺のことは朝哉でいいから」

彼女は伴侶という言葉に敏感に反応した。唇をわななかせてバッと俯《うつむ》く。耳まで赤い。

――うん、可愛らしい。表情がコロコロ変わって、さすが現役女子高校生という感じだな。駄目だ、なんかニヤける。

雛子の反応がいちいち新鮮で、朝哉にはそれが嬉しくて仕方ない。

五歳も年下の子をからかって楽しむのもどうかと思うけど、彼女のいろんな表情をもっと見たいのだ。これも男の持つ狩猟本能の一部なんだろう。だからしょうがない。

ニヤニヤしながら眺めていると、その視線に気づいた雛子がチラリと上目遣いでこちらを見つめ、背筋を伸ばした。

——おっ、なんだ？

「朝哉さんはおいくつですか？　大学生くらい……ですよね？」

「そう、大学二年、四月十日生まれの二十歳、牡羊座《おひつじ》の０型。身長百七十八センチだけどサバを読んで百八十センチって言ってる。あとは何を聞きたい？」

彼女が興味を持ってくれたのが嬉しくて、朝哉は少し調子に乗る。

聞かれてもいないことまでペラペラと語って聞かせてしまい、雛子にあからさまな深い溜息《ためいき》をつかれた。

「あの……本気じゃないですよね」

「は？」

「だって、朝哉さんってモテますよね？　彼女いますよね？　お見合いなんてする気ないでしょ？　私を揶揄《からか》ってますよね？」

「あー、確かにモテる。でも、彼女はいない。見合いする気は満々。揶揄《からか》ってない」

正直に言えば、ちょっと面白がってはいる。けど、それは彼女の反応に対してであって、見合いに関しては本気だし、既《すで》に前のめりでめちゃくちゃ乗り気だ。だからオマケで本音も付け加えた。

「もうこうやって顔合わせは済んだことだし、お見合いをすっ飛ばして交際期間に突入してもいいかなって思ってる」

そうアッサリと言ってのけた朝哉に、彼女は今度こそふざけていると判断したらしい。表情を険《けわ》しくした。

「あなた……馬鹿ですか？」

「えっ、馬鹿って言われた」

「つい数分前に会ったばかりなのに、何をいきなり交際とか言ってるんですか」

「えっ、駄目？」

「駄目も何も……」

そこから彼女は、十代の少女らしい純粋な恋愛観を滔々《とうとう》と語った。

見合いが悪いことだとは思わない。出逢いにも様々な形があるだろう。だけど自分はそれなりに恋愛に憧れを抱いている。お見合いしたとしても、そこから恋をしたいのだ。そう言う。

「なのに、あなたは家のための見合いをすんなり受け入れて、よく知りもしない相手に付き合おうだなんて。結婚したら毎日顔を合わせるんですよ？　そんなの好きな人とじゃなきゃ無理ですよ」

「うん、俺もそう思う」

そんな彼女の言葉に朝哉は賛同した。

えっ？　とパチクリ瞬《まばた》きをする雛子に、笑顔で告げる。

「俺は君だから構わないって思ってるんだけど」

「えっ？」

「婚約しても構わないってこと」

「そんな、ついさっき出会ったばかりなのに……」

「確かに俺たちは今、知り合ったばかりだ。それでも俺はパーティーが始まってからずっと君を見ていて『いいな』って思ったし、話してみたらますます気に入った。これからもっと好きになると思う」

「もっと好きになる……って……」

自分でも今のはちょっとクサかったかなと思う。

だけど告げた言葉に嘘はない。全部本音だ。

見合いなんてまどろっこしい手順をすっ飛ばして、彼女と二人きりで会いたい。もっと話したい。

「ああ、この子がいいな……って思ったんだ。俺は自分の直感を信じてる」

今回の話が流れたら、家の都合で別の女性との見合い話が持ち込まれるに決まっている。

「別の女に会うたびにさ、ああ、雛子ちゃんのほうがよかったって後悔するのは嫌なんだ。君はどうなの？　俺と話してどうだった？」

「どう……って……」

「顔は？　身体つきは？　声はどう？　俺って君の好みじゃない？」

これでも中学、高校とバスケ部に所属し、それなりにトレーニングを積んでいた。身体は絞れていると思うし、背も低くない。自惚《うぬぼ》れているわけじゃないけど今までそこそこモテてきたし、嫌悪される外見ではないはずだ。声もイケボと言われたことがある。

けれど、矢継ぎ早な質問に情報処理が追い付かないのか、雛子は難しい顔で黙り込んでしまう。

それでも、黙っているということは検討の余地があるということだ。朝哉は追い討ちのプレゼンをかます。

「俺は付き合ったら絶対に浮気しないよ。一途《いちず》だし、めちゃくちゃ大事にする」

「浮気……しないですか？」

――おっ、前向きな反応！

「浮気しない。絶対にしない。俺はむしろ、好きな人は束縛したいし束縛されたい。雛子ちゃん一筋」

「ふふっ、一筋……って、ノリが軽いですね」

「いやいや、俺、めちゃくちゃ重いから。ここまで俺と話してて、どうだった？　不快？　もう会いたくない？」

前のめりに問い詰めると、雛子が両手で頬を挟み込んで俯《うつむ》く。

「……イエスかノーかでハッキリ答えなきゃ駄目ですか？」

「うん。俺と二度と会いたくないか、会ってもいいと思うか。答えてほしい」

朝哉はここで逃しちゃ駄目だと直感した。勢いでグイグイ押す。

「二度と顔も見たくない？　俺じゃ駄目？」

しばらくの沈黙ののち、蚊《か》の鳴くような小さな声が耳に届いた。

「……じゃないです」

「えっ？」

「……駄目じゃないです」

それは、つまり……

「えっ、いいの？　俺と付き合ってくれるの⁉」

食いぎみの朝哉の問いにコクリとうなずく彼女は、首筋まで真っ赤だ。

熟したトマトみたいになってるその顔は、もう、かぶりつきたくなるくらい可愛い！

朝哉は興奮を抑えきれず、口に出す。

「うっわ〜、マジか……そっか〜」

雛子の羞恥《しゅうち》が伝染したらしい。朝哉も顔を熱くしながら片手で口を押さえ、大声で叫び出したいのを必死に堪えた。

一刻も早く彼女と二人きりになりたくて、朝哉は雛子の手を握る。

「もうこんなパーティーに用はない。抜けよう」

そう言いつつパーティー会場に戻り、全体をぐるりと見渡した。

――いた！

目当ての人物に足早に近づく。

「白石さん、はじめまして、黒瀬朝哉です。今から雛子さんをお借りしてもよろしいでしょうか。お宅まで責任を持ってお送りしますので」

雛子の父、宗介に挨拶《あいさつ》をすると、次はタイミングよくその宗介と談笑していた時宗に向き直る。

「父さん、もう見合いは不要だ。俺たち付き合うことにしたから」

目をぱちくりさせている父親たちに背を向けて、会場をあとにした。痛快だ。

歩きながら手を繋いだままの雛子を振り返ると、こちらは口をあんぐり開けている。

「ふはっ、可愛い」

心の中で呟《つぶや》いたはずが、そのまま声に出ていたらしい。

雛子がさっと赤くなり、「もうっ、あんな所で……バカっ！」と泣きそうな声を出した。

その『バカっ！』がこれまた可愛くて、下半身を硬くしてしまった自分はもう重症なのだろう。

ハハッと笑った朝哉は地下駐車場に向かった。


十一月の末ともなると外は冷える。

朝哉は薄着の雛子のことを考えて、ドライブしながらお喋《しゃべ》りすることにした。どこかの店に入るよりも、車内のほうがゆっくり話せる。

愛車の助手席に雛子を乗せて、アクセルを踏み込む。

友達とは何度かドライブしたけれど、彼女を乗せるのは初めてだ。

それなのに雛子にはそう見えないらしい。

「朝哉さんって女性慣れしてますよね。やっぱり本当は彼女がいるんじゃないですか？　もしかして、付き合う相手と結婚相手は別って考えの人なんですか？」

可愛い顔して直球だ。だが、そんなストレートな物言いが彼女らしくていいなと思う。素直で清廉だ。

朝哉は慌てて「彼女はいない」と答え、逆に彼氏はいないのかと聞き返す。雛子は「そんなのいませんっ！」と手をブンブン横に振った。

よかった、さっそく嫉妬《しっと》なんてしたくない。

しばらく走らせた後、見つけた公園の駐車場に車を停めると、彼女のほうに身体を向ける。

「ねえ、雛子ちゃんって、みんなからなんて呼ばれてるの？」

「えっ？　……えっと……そのまま雛子とか、小さい頃はヒナちゃん……とか？」

その答えを聞いて、朝哉は『ヒナ』と呼ぼうと決めた。

他の誰とも違う自分だけの呼び方。

——まいったな……俺って独占欲の強い男だったのか。

実家の力ゆえか、幼い頃から女性に言い寄られるのが当然の日々を送ってきた。

おかげで、両親から黒瀬家とクインパスを引き継ぐ者としての心構えを厳しく躾《しつ》けられ、付き合う人間、特に女性関係には注意するようにとしつこく言い含められている。

財産目当ての女には気をつけろとか、相続問題に発展するから結婚したい相手以外とは誤解させる付き合いをするな……とか。

中学に入った頃から繰り返し聞かされたそれは、もはや呪いの呪文だ。

自分には恋なんてできないと思っていたし、親の決めた相手と嫌々結婚するくらいなら、いっそ一生独身を貫《つらぬ》いてやろうとまで考えていた。

「……本当は今回の見合い話もどうにかしてぶっ潰してやろうと思っていたのにさ……」

朝哉は雛子の左手を取り、両手で包み込む。

「キューピッドの恋の矢って本当にあるんだな。トスッて心臓に刺さって、身体中がピンク色に染まったみたいだ」

「ピンク……ですか？」

雛子がキョトンと首を傾《かし》げている。

――ああ、全然伝わっていない！

「いや、だから、要はさ……俺は今日、二十歳にして初めて恋をして、その相手がラッキーなことに運命の人、つまり結婚相手でもあるっていう、盆と正月が一度に来た状態で……ああっ、自分の語彙《ごい》力のなさを恨む！」

朝哉が思わず天を仰《あお》ぐと、それを見た彼女はクスクス笑う。

気持ちが伝わっていないのは残念であるものの、可愛い笑顔が見れたからよしとしよう。

苦笑していると、雛子が笑みを引っ込め、じっとこちらを見た。朝哉も表情を引きしめ見つめ返す。

彼女の黒い瞳に自分が映っていた。

雛子が朝哉の手の上に自らの右手を重ね、すうっ、と息を吸ってから、一息で告げる。

「朝哉さん……私もこれからあなたのことを好きになるような気がします。よろしくお願いします」

――マジか……！

心臓が跳ね、身体中が歓喜に沸き返った。

大声で叫び出したい気分だ。

だけど、みっともない姿を見せてここで心変わりをされては元も子もない。朝哉は平静を装《よそお》いそっと深呼吸する。

「ハハッ、これから……か。それじゃ、ちゃんと好きになってもらえるように頑張るよ」

よろしくと右手を差し出すと、白くて小さな手が「よろしくお願いします」と応えた。さらに力を入れて、その手をギュッと強く握りしめる。しあわせだ。

そんなふうに過ごし、雛子を家に送り届けた。

朝哉は彼女の家の前に車を停める。助手席のドアを開け、彼女の手を引いて……柔らかい頬にキスをした。

自分でもビックリする大胆な行動だが、離れがたくて思わず身体が動いてしまったのだ。

「俺、こういうのに憧れてたんだ」

嫌われるかな……と心配したけれど、雛子は顔を赤くしながら「うん」とうなずいてくれた。

どうにか身体を離し、もう家に入るよう促《うなが》す。

雛子が玄関に入るまで見届けたいのに、彼女は車を見送りたいと言う。

結局、彼女が玄関のドアを閉める瞬間に朝哉が車を発車させるということでお互い妥協した。

雛子が玄関のドアを開け、こちらに手を振る。その身体が家の中に入っていくのを確認してから、朝哉はアクセルを踏み込んだ。

車を走らせつつバックミラーを見ると、家の前に立ってこちらを見ている雛子の姿が映っている。

嬉しくて泣き出したいような、生まれて初めての感情。

——ああ、俺、あの子のことが大好きだ……

この時にはもう、すっかり雛子に落ちていた。


それから三ヶ月後の三月三日の雛子の誕生日。黒瀬家の面々は秘書の赤城を伴って白石家を訪れていた。

翌月の朝哉の誕生パーティーで雛子を婚約者として親族や社員に紹介するための打ち合わせだ。

大人たちが話し合いを始めたのを見計らって、朝哉は雛子の部屋に行く。

胸ポケットに忍ばせていたケースを取り出して、彼女の指に婚約指輪をはめた。

本番はパーティーの時だけど、気持ちの上ではもう婚約者だ。

たとえ大人たちが祝っているのが会社の発展だとしても構わない。

それでも二人にとっては待ちに待った大切な日。

ただの恋人だった二人に『婚約者』という肩書が与えられ、公《おおやけ》に認められることが重要なのだから。

——来月、正式に婚約したら……そのあとでヒナを抱く。

朝哉はそう決めた。

＊

四月初旬の週末、都内高級ホテルの控え室で、やや光沢があるダークグレーのタキシードを着た朝哉は、スマホを片手にウロついていた。

――おかしい、ヒナがまだ来ない。

招待客からすれば誕生日を祝われる朝哉が主役なのだろうけど、自分にとって今日の一番の主役でパーティーの華は、婚約者である雛子だ。

その雛子がパーティー開始五分前になってもまだ会場入りしていなかった。

本来なら、化粧と着替えのために一時間前には控え室に入っているはずなのに……だ。

スマホで何度も連絡を入れてみるが応答がない。

心配になって家まで迎えに行こうかとドアに向かったところで、ホテルの担当者が呼びにきて、朝哉は会場に入った。

「雛子さんは用事があって来れなくなった。婚約発表はなしだ」

雛壇で待っていた父親に耳元で囁《ささや》かれ、どういうことだと大声で聞き返そうとする。けれど、スポットライトが当たったことでできなくなった。

朝哉の誕生日などどうでもいいと思っているであろう会社の重役たちの顔を見ながら、作り笑いを浮かべて挨拶《あいさつ》をする。結婚式の新郎さながらに客の間を練《ね》り歩《ある》いて愛想を振り撒いた。

――雛子はどうしたんだ、なぜ連絡をくれないんだ!?

そればかりを考えていた。

雛子の父親である宗介氏が心筋梗塞《しんきんこうそく》で亡くなったと聞いたのは、パーティーが終了してからだ。

慌てて飛び出そうとした朝哉に、時宗が「礼服に着替えてから行け」と低い声で告げ、秘書が黒い服を差し出してくる。

その瞬間に、父がその事実を知りながらパーティーを優先させたのだと悟った。

「なんでだよっ！　ヒナの父親が大変な時に誕生祝いなんてしてる場合じゃなかっただろ！　すぐに駆け付けてやりたかったのに！」

「……だからだ。言えば、おまえはパーティーそっちのけで出ていっただろう。わざわざ休日の時間を割《さ》いて集まってくれた社員に失礼なことはできん」

「父さん、何言ってんだ！」

納得できず父親に食ってかかっていると、いつの間にか時宗の後ろに立っていた母親の琴子《ことこ》が「朝哉、落ち着きなさい」と諭《さと》す。

彼女はしっかり黒い礼服を着込んでいる。パーティーの最中に秘書に用意させておいて、控え室で着替えてきたのだろう。

「雛子さんとあなたはまだ正式に結納を交わしていないし、ましてや結婚もしていないのよ。我が家と白石家には婚姻関係がない、つまり他人なの。予定していたパーティーを他人のために中止することも、招待客に無礼な振る舞いをすることも許されない。それが社交というものよ」

「っ……ざけんな！」

——何が無礼だ、何が社交だ！

雛子は断じて他人なんかじゃない。

彼女が大変な時に傍《そば》にいられないのが常識だと言うのなら、そんなものいらない、糞食らえだ！

憤《いきどお》りを抱えながらも、黒塗りのハイヤーで三人揃《そろ》って白石の家に向かう。既《すで》に彼女の家の前には同じような車がズラリと並び、沢山《たくさん》の人が出入りしていた。

宗介氏の会社から駆り出されたらしい若い女性に案内されて奥の座敷に入ったところで、布団に横たわる遺体と、その横で正座したまま茫然《ぼうぜん》としている雛子が朝哉の目に入る。

「ヒナっ！」

人混みをかきわけて彼女の傍《そば》に寄り、抱きしめた。

彼女は朝哉にしがみつくと、堰《せき》を切ったかのように号泣する。

隣では雛子の叔父だという人と会社の秘書が、朝哉の両親に宗介氏に何が起こったのかを説明していた。

宗介氏は元々血圧が高めではあったが、これまですこぶる体調はよく、病院にもかかっていない。

今朝も普通に起きて雛子と朝食をとり、パーティーの支度をするために自分の部屋にいたそうだ。

そこに、宗介の弟、雛子にとっては叔父にあたる大介から電話が入る。そして、会社のことについて話している最中に、突然「ううっ」と呻《うめ》いて会話が途絶えたらしい。

大介の電話で雛子が部屋に入った時には既《すで》に宗介の意識はなく、救急車で病院に運ばれたものの帰らぬ人となったということだ。

――くそっ！　雛子が心細い思いをしていた時に、俺はスポットライトを浴びてヘラヘラと愛想笑いを浮かべてたのかよっ！

自分の馬鹿さ加減に腹が立つ。

誰になんと言われようが、雛子の様子を見に行くべきだった。自分が優先順位を間違えたせいで、婚約者としての役割を果たせなかったのだ……

そんな後悔に追い打ちをかけるように、その後、朝哉は自分の立場と現実を思い知る。

葬儀やその後の手配すべてを取り仕切ったのは雛子の叔父の大介で、身内ではない朝哉にできることは何一つなかったのだ。

一般の弔問客と一緒に並び、憔悴《しょうすい》しきった喪服姿の雛子に他人行儀な挨拶《あいさつ》をし、焼香するだけ。

その場に居座ることもできず、すごすごと家に帰った朝哉は、一人で哀しみに打ちひしがれているであろう雛子を想い、ベッドにうつ伏せた。

無力な自分を恥じ、冷淡な両親を軽蔑し、それでもどうすることもできないことに絶望する。

――せめて雛子だけは……

これから雛子は、家のこと、会社のことが次々とのし掛かり、ゆっくり哀しみに浸《ひた》る間もないほど忙しくなるに違いない。

せめて自分だけは雛子の哀しみに寄り添い、隣で支えよう。心の拠《よ》り処《どころ》となろう……

そう心に誓った朝哉を嘲笑《あざわら》うかのように、事態はさらにその手を離れていく。

白石大介が雛子の特別代理人に選出され、同時に白石メディカの代表取締役社長にも選任されたのだ。

その大介が葬儀後すぐに家族を伴って雛子の家に引っ越してくる。あまりの早急さに朝哉が驚いているうちに、雛子は高校の寮に入れられた。

その間、宗介氏の死後たった一週間だ。

大介の雛子の扱いは、どうにも腑《ふ》に落ちない。

女性である叔母が泊まり込んで姪《めい》の世話をするというならわかる。

だが、喪も明けないのに家族全員で移り住むという、他人の領域に土足でドカドカと踏み込むような真似をした挙げ句、雛子を家から追い出して寮に入れるって？

これじゃまるで……

——乗っ取りじゃないか。

その言葉が浮かんだ途端、朝哉は背筋がゾクッと冷え込むのを感じた。

——まさか……だよな。

背後からひたひたと追いかけてくるような不安を打ち消したくて、朝哉はほんの短い時間も惜しんで雛子に会いに行った。それが自分にできる精一杯だったから。

しかしその不安が現実となる。

＊

それから一ヶ月以上経った五月下旬の月曜日。

朝哉はクインパス本社の駐車場に愛車を乗りつけると、険《けわ》しい表情で建物に入った。

役員専用エレベーターで最上階まで上り、赤絨毯《あかじゅうたん》の敷かれた廊下を迷うことなく奥に進む。

『president《社長室》』の金プレートが埋め込まれたドアをノックして、中の人間の返事を待たずに勢いよく開けた。

「……来ると思っていたよ」

きっと受付から連絡が入っていたのだろう。

窓辺の重役机から、時宗が驚くこともなくこちらを見上げてきた。

朝哉はツカツカと彼に歩み寄り、ウォールナットの重厚なデスクにバン！　と両手をつく。手のひらにビリッと痺《しび》れるような痛みが走った。

「俺の婚約者はヒナだよな」

「……正式には『婚約者になるはずだった』だな」

「ざけんな！　親への挨拶《あいさつ》も済ませて指輪まで買ったんだ！　結納が延期されただけで、今でも雛子は俺の婚約者に変わりないんだよ！　知らない女を充《あ》てがおうとしてんじゃねぇよ！」

雛子は昨日、法要のため世田谷の実家に帰っていたのだが、そこで叔父の大介からとんでもない話を聞かされたというのだ。

『雛子、実はおまえの父親が会社の金で私腹を肥やしていたせいで、白石工業には多額の負債があるんだ。そのせいでクインパスとの合併話が頓挫《とんざ》している』

大介曰《いわ》く、会社を潰さないために自分たちも努力しているので、雛子も白石の娘として協力してほしい。高校だけは出してやるから、卒業後は大地と結婚して家に入り、サポートをしろ。朝哉は麗良と結婚することになった。邪魔はするな……

だ、そうだ。

雛子は慌てて寮に戻り、朝哉に電話してきた。

寝耳に水の話に、朝哉は手にしていたスマホを思わず落としそうになる。そして、叫んだ。

「はぁ!?　どういうことだよ！　意味わかんねぇよ」

『私だって……だけど、父が会社の借金を残したまま逝《い》ったのだとしたら、娘の私がどうにかしなくちゃいけないと思うの。それよりも……』

雛子が一番ショックを受けていたのは、『朝哉は麗良と結婚する』のくだりだった。

『雛子、悪いわね。あちらが是非《ぜひ》とも麗良さんをって、私を望んでいるの。社長の娘でなくなったあなたに価値はないのよ』

麗良にもそう言われたのだという。

「ヒナ、そんなの絶対に嘘だから！　俺が愛してるのも結婚相手もヒナだけだ」

『うん……朝哉を信じる。ごめんね、弱気になって』

「ヒナは悪くない。俺が父さんと話をしてくるから、心配しないで」

『朝哉……白石工業は白石メディカの基礎なの。私は父が遺した大切な会社を潰したくない。一生掛かっても恩返しをするから……どうかお願い、会社を助けて』

「ヒナの大切なものは俺にとっても宝物だ。大丈夫、どんなことをしたって絶対に守るから」

雛子が自分の婚約が会社のためになるならと笑顔を見せていたのを、朝哉は知っている。

両親を失い、家さえも失った彼女から、これ以上何一つ失わせるものか。

そう決意して、朝哉はクインパス本社に乗り込んだ。

そして今、険《けわ》しい表情で時宗を睨《にら》み付《つ》けている。だが父はひるむことなく真っすぐに見つめ返してきた。

「朝哉、言葉遣いがなってないな」

「知るかっ！　そんなことよりどうなってるのか説明してくれよ！」

朝哉はイラつきを隠せない。

この人はいつもそうだ。自分が誰よりも正しく、世の中のすべての正解を知っているかのような顔をする。こんな時でさえ、感情よりも紳士の嗜《たしな》みとやらを優先するんだ。

「私だって困惑しているんだ。雛子さんは、大介氏の息子で白石工業の社長である大地君と結婚することになったと聞かされている。だから朝哉には娘の麗良嬢を婚約者にしてほしいと打診があった」

「ふざけんな！　ヒナは俺の婚約者だぞ、何を勝手なこと言ってんだよ！　それに麗良って誰だよ、そんな女、知らねぇし、いらねぇよ！」

「落ち着きなさい、みっともない」

まずは座れ……と、時宗が革張りのソファーに向かって顎《あご》をしゃくり、朝哉を座らせる。

自分もその向かい側に腰を下ろすと、応接セットのテーブルにバサリと書類の束を置いた。

「それを読んでみろ。大介氏が跡を継いでからの白石メディカにはいい噂がない。なんにせよ、提携話は白紙に戻すしかないだろうな」

朝哉は目の前の分厚い書類を手に取り、パラパラとめくる。そして次第に表情を曇らせて口元を覆《おお》い、絶句した。

「これは……」

それは白石メディカ及び白石工業のここ数年の業績と内部情報、そして雛子の叔父一家の動向が事細《ことこま》かに記された報告書だ。

大介は社長になってすぐに先代からの古株社員を一気に粛清《しゅくせい》し、イエスマンのみを侍《はべ》らせる。そのせいで指揮系統がガタガタになり業務に支障が出て、白石メディカは既《すで》に内部崩壊に近い状態なのだと記されている。

無能なトップが会社の経営を傾ける典型的な例だった。

つい最近まで大介が社長を務めていた白石工業の状態はさらに深刻だ。

新しい機械を購入するためにかなりの予算が経費に計上されているにもかかわらず、実際にそれが行われた形跡がない。

工場で使っている原材料の仕入れ先は、特定の業者に偏《かたよ》っており、しかも実際より高めの値段で買ったことになっていた。

「これって……横領とか背任ってやつじゃないのか？」

「多分そうだろうな。そこで浮いたお金と賄賂《わいろ》で私腹を肥やしていたんだろう」

「そんな……ヒナのお父さんはこのことを？」

「どうだろうな。宗介氏と話した印象では真面目な人物に思えた。白石工業の窮状《きゅうじょう》を知りながら業務提携を持ちかけたとしたら、大した詐欺師《さぎし》だが……」

白石家自体を見ても酷《ひど》い有り様だ。

ここ二ヶ月ほど百貨店のご用聞きや怪しい美術商が家に頻繁に出入りしている。

大介が慣れない資産運用を始め、ハゲタカにたかられてもいるようだ。損を取り戻そうと無茶をしてさらに身動きが取れなくなっている。まさに愚かな成金がすることだ。

「雛子さんを自分の息子と結婚させるというのも、宗介氏の遺産がらみで思惑《おもわく》があってのことかもしれんな。まあ、その遺産もいくら残っているのやら……」

「嘘だろ……どれだけヒナを苦しめるんだ、クソがっ！」

「これ以上関われればこちらにも火の粉が飛んでくる。あそこが持っている特許は魅力的だったし、新しい工場への設備投資も始めていたから残念ではあるが……仕方ないだろう」

「ちょっと待ってくれよ！」

朝哉は縋《すが》るように大声を上げる。

「あの会社は本来ならヒナのものだったんだろ！　ヒナは宗介さんと彼の会社を大切に思ってるんだ。俺との婚約だって、それで会社の役に立てるなら嬉しいって、そう言って笑って……」

「朝哉、情で会社は動かせんよ。おまえが雛子さんの傍《そば》にいる限り、白石大介は彼女を通して、うちの金と力を狙ってくるだろう。我が社の三万人以上いる従業員を路頭に迷わせるわけにはいかないんだ」

時宗の言い分は正しい。至極ごもっともだ。

だけど朝哉は雛子と約束した。彼女の父親が遺した会社を守ると。

そして、これ以上雛子から何一つ失わせないと、自分に誓ったのだ。

「だけどヒナを……彼女が大好きだった宗介さんが遺した会社を……救ってやりたい」

朝哉はおもむろに立ち上がり、ソファーの横に正座して、床に頭を擦《こす》り付《つ》け懇願《こんがん》した。

「父さん、お願いします。今回のことで会社に損失が出るというのなら、それを絶対に俺が取り返します。俺の一生をかけて父さんと会社に尽くします。だから……頼むから……」

しばらくの沈黙ののち、時宗が重い口を開く。

「雛子さんと白石メディカのために手を貸さんこともない」

「父さん！」

しかし、バッと顔を上げ表情を綻《ほころ》ばせた朝哉に、時宗は言い放つ。

「ただし条件がある。朝哉、おまえがクインパスを継げ。私の次の社長は、おまえだ」

「……わかりました」

それは雛子と付き合う以前から散々言われていたことだ。朝哉ははっきりうなずく。

「それから、雛子さんとは別れろ」

「え!?」

——ヒナと別れる？　俺が？

意味がわからない。一体、何を言って……

「雛子さんと別れてニューヨークに行け。あそこにはおまえの大学と提携している大学があるから編入もしやすいだろう。おまえたちは、少し離れたほうがいい」

「ちょっと待ってくれよ！　ヒナと別れるなんてっ」

「甘いぞ、朝哉」

時宗の声がワントーン低くなり、それに伴い室内の空気も一気に冷え込む。

「自分は親の金で思うがままの自由な暮らしを享受しておいて、権利以上のことを主張する。この期《ご》に及んで、それが通用すると思っているのか」

「……自分のお金で生きろと言うのなら、大学を辞めて働くよ。そしてヒナと結婚する。株で儲けた金があるから、しばらくは彼女一人くらい養える」

「さっき会社の損失を取り返すと言ったな。自分の一生をかけて会社のために尽くすと。女のために大学を中退するというおまえ如《ごと》きに、何ができるというんだ」

父に返す言葉がなく、朝哉は床を見つめて黙り込むしかなかった。

「おまえは私に『会社の命運』と『お前の恋人』を秤《はかり》にかけろと求める。おまえ一人の自己満足のために会社を犠牲にしてでも恋人を救えと、そう言ったんだ。なのに自分自身は恋人を失いたくないなんて、あまりにも利己的だと思わないか？　どうするかはおまえが決めろ」

そう言われて、腹が決まる。

「わかりました。ヒナ……彼女とは別れてニューヨークに行きます。会社も継ぐし、父さんの言う通りにします。ですから、雛子さんを、白石メディカをどうか助けてあげてください。お願いします！」

再び床に頭を擦《こす》り付《つ》けたのを見届けた時宗が、朝哉の前に片膝《かたひざ》をつき、その肩に手をかけた。

「朝哉、顔を上げろ」

「……はい」

「おまえは九月からニューヨークの大学に留学しろ、いいな」

時宗が朝哉に課した条件はこうだ。

留学中の二年間で、最低でも三人はクインパスに役立つ人脈を築くこと。

大学卒業後はクインパスの新入社員となって働き、成果を挙げること。

周囲に実力を認めさせ、朝哉がいずれ会社のトップになり得る人物だと知らしめること。

「そうだな……おまえが力をつけて専務になった暁《あかつき》には、雛子さんと結婚でもなんでもすればいい。それまで彼女のことは一旦諦めるんだ」

「専務になれば、俺が力をつけたら、彼女とまた会ってもいいんだな」

「ああ、だが自分で『専務になる』と言えばいいものではないぞ」

時宗が認めるだけの成果を挙げなくてはならない。

そして、朝哉が専務になるための味方、絶対に裏切らない信頼できる側近を二名見つける。そんな条件が足される。

もちろんそれまで雛子に接近することは敵わない。

――雛子と会えない……

それは朝哉にとって何よりも辛《つら》いことだ。

雛子を救うためにここに来た。彼女にはもうこれ以上何も失わせないと誓ったから。

ならば自分が彼女の前から姿を消すのは、失うことにならないだろうか。

自惚《うぬぼ》れでもなんでもなく、朝哉と別れると聞けば、雛子は嘆き悲しみ絶望の谷底に突き落とされるだろう。

朝哉にはわかる。だって自分がそうだから。

――俺はヒナと別れたら生きていけない。

事情を話して、距離を置けば……

いや、ダメだ。

『雛子のために会社を継ぐことにした』

そう言えば、彼女は必死になって止めるだろう。

強行すれば、止められなかった自分を責め続け、いずれ朝哉から離れる道を選ぶに違いない。

彼女はそういう子だ。人を犠牲《ぎせい》にして、平気でその上に胡坐《あぐら》をかいていられる子ではない。

だから彼女に罪の意識を持たせるくらいなら、自分が悪者になったほうがマシだと思った。

酷《ひど》い男だと憎んでくれればいい。恨み続けてくれればいい。

だが、絶対に会いに行く。張りぼての役員などではなく、実力を伴った仕事のできる男になって。

それまで心に鍵をかけて封印しよう、雛子と会えるその時まで。


——俺が再び生き返るのは……ヒナと会えた時だ。

滲《にじ》む涙をグイッと拭《ぬぐ》って立ち上がると、朝哉は深々とお辞儀をして、顔を上げた。

目の前には自分の上司となった男が立っている。

「わかりました。父さん……いえ、社長、よろしくお願いします」

「ああ、麗良嬢との婚約話は私から断っておこう。雛子さんのほうは……」

「俺から話します」

言いきった瞳は涙で潤《うる》んでいる。しかしそこにはもう、一片の迷いもなかった。


その年の八月。

「——朝哉、入るぞ」

松濤《しょうとう》にある実家の自室でニューヨーク行きの準備をしている朝哉を、祖父の定治が訪ねてきた。

すっかり片付いた部屋をぐるりと見渡して、「スッキリしたな」と独りごちる。

定治と会うのは本当に久しぶりだ。

以前は部屋数が無駄に多いこの屋敷で一緒に住んでいたのだが、社長を退《しりぞ》いたのをきっかけに、彼は一人で同じ敷地内の離れに移り住んでいる。

とは言っても、渡り廊下で気軽に行き来ができる、スープの冷めない距離というやつだ。

ただ、朝哉が大学近くのマンションで一人暮らしを始めてからはたまにしか帰らなかったので、必然的に顔を合わせる機会が減っていた。

そのマンションは既《すで》に引き払っている。

「雛子さんには上手《うま》く話せたのか？」

朝哉は段ボール箱に本を詰めた手を止めて、眉間《みけん》に皺《しわ》を寄せた。

「どうだろう。別れ話はしたけれど……上手《うま》く……はないな。男として最低なことをしたから」

——今頃ヒナはきっと一人で泣いている。そして俺を恨んでいる。

感情の波が押し寄せてきて、鼻の奥がツンとした。けれど、祖父の前で涙を見せたくはない。朝哉は奥歯をぐっと噛みしめる。

「もう二度と会わないつもりか」

「まさか、ヒナを自分の手で幸せにするための別れだ。力をつけて、いつか絶対に迎えに行くよ」

定治がクリーム色のカーペットに胡座《あぐら》をかいて座った。じっくり話をしようということなんだろう。

朝哉も段ボールを横にどけて定治に向かい合った。

「その『いつか』が間に合うといいがな。専務になるまで八年……いや十年か」

時宗との間で交わされた約束を言っているのだろう。祖父にはすべて筒抜けに違いない。

「十年も待てないよ。五年……遅くても七年以内には上に行く」

「はっ、これは大きく出たな。だが五年でも七年でも女性には長い。そして人の気持ちは簡単に変わるものだ」

――変わるも何も……

「彼女にとって今の俺は嫌悪の対象でしかないんだ。これ以上、下がりようがないだろ」

自分が雛子に告げた酷《ひど》い言葉を思い出す。

心の中で「くそっ」と呟《つぶや》いて、腹立ちまぎれに手元の本を段ボール箱に投げ入れた。

イラついたって仕方がないのはわかっている。命じたのは時宗だが、それを受け入れると決めたのは自分だ。そして、雛子を前にして、最悪な態度をとったのも。

本や目の前の定治にあたるのは間違っている。

「ヒナにどう思われようと、俺の気持ちは絶対に変わらない。その時ヒナに彼氏がいたとしても……結婚していなければチャンスはある」

「まだ婚約の段階ならいくらでもひっくり返せるということか。経験者は語る……だな」

「傷口を抉《えぐ》ってくれるね」

――だからこの老人はあなどれないんだ。飄々《ひょうひょう》とした笑顔で急所を突いてくる。

定治が「だがな」と身を乗り出してきた。

「このジジイは意地の悪いことを言うだけじゃないぞ。惚《ほ》れた女のために大きな決断をした孫に褒《ほう》美《び》をやろう」

「褒美《ほうび》？」

「ああ、そうだ」

そしてニヤリと意味ありげに微笑《ほほえ》むと、懐《ふところ》から薄っぺらいプラスチック製のカードを取り出す。

「何？　銀行のカード？」

「アメリカにおまえ名義の銀行口座を開設しておいた。既《すで》に五千万円送金してある」

――はぁ!?

「俺、サインも何もしてないんだけど。そんな大金を海外に振り込んで大丈夫なのかよ」

「うちの会社が取引している銀行がニューヨークにあるんだ。いくらでも融通がきく。日本語のガイダンスもあるから困った時には頼るがいい」

これができてしまうのが黒瀬定治という男だ。もう深くは考えまい。重要なのはここからだった。

「朝哉、おまえにその五千万を預けよう。自分のためにでも雛子さんのためにでも構わん、好きなように使え。ただし大学を卒業するまでに倍以上、つまり一億円以上に増やせ」

「二年で倍に!?」

頭の中で素早く金勘定をする。元手が高額だから、下手《へた》を打たなければ一点集中の投資で一年も待たず、倍にできるだろう。

だが、それをやるには、投資にかかりきりになる必要がある。大学の勉強をおろそかにして卒業できなければ意味がないのだ。

それに、時宗に言われた人脈作りには、それなりの周囲との付き合いが必要になる。パソコンと睨《にら》めっこして株価の乱高下に一喜一憂している余裕はない。

——ハイリスク、ハイリターンか……

朝哉は視線を宙に彷徨《さまよ》わせて考える。

雛子のために自由に使えるお金は欲しい。だとしたら、どうするのが一番いいのか……

「朝哉、私は無駄遣いはしないと決めていてな。無駄遣いっていうのは、お金を『死に金』にするってことだ。タンスの肥やしにして腐らせるくらいなら、使うべきところにどんどん投資したほうがいい」

だから朝哉に一点買いで投資すると、定治が言った。

「期限内にお金を倍にできたなら、褒美《ほうび》としてそのまま全額おまえにくれてやる。できなければ、クインパスに入ってから、ボーナス抜きで働いて返せ」

そして、二年間で五千万をどう使ったのかを詳細に報告するように言われる。

朝哉の心は決まった。使い道なんか決まっている。

「わかった。なんでも言う通りにするよ。クインパスのトップになってやる。その金も倍にする。だから頼むから……お願いだからヒナを……」

「わかっておる。あそこが今のままでは業務提携なんぞとてもじゃないが、違うやり方でなら救いようがある。雛子さんの望む形とは違ってしまうがな」

白石メディカの買収。それが定治と時宗の結論だ。

雛子と会社を救うためにどうすればいいかを考えた結果、白石大介を排除するしかないということになったのだそうだ。

業務提携ではなく買収されたとなれば、朝哉は雛子にさらに恨まれるだろう。

しかし、もう賽《さい》は投げられている。

実は、白石メディカの役員を説得して大介を刑事告発させるという案も出た。

だけどアイツは既《すで》に実印を握っている。弁護士に手を回して書類を偽造済みに違いない。

泥仕合の結果、死人に口無しで、宗介に罪を被せる可能性があった。

雛子のためにも、宗介の名誉と会社は絶対に守りたい。

――俺だけの力じゃ駄目なんだ。

時宗は取締役会の過半数をコントロールできる三分の一以上の白石メディカの株を有したうえで株主総会を開き、大介を社長から解任する。その後M＆Aを仕掛けて役員を送り込み、経営改善を行う予定だ。

こちらが把握していない簿外債務がかなりあると覚悟しておいたほうがいい。将来への先行投資にしてはリスクが大きすぎる。

時宗は当初、特許だけ買い取り白石工業を切り捨てるという道を望んでいたが、それを朝哉が頑《かたく》なに拒んだのだ。

大介を追い落として白石工業を健全な経営状態に戻し、雛子に引き渡す。

それが、自分の将来を売り渡すことを条件に、朝哉が父に望んだこと。

当然、動くのは自分がやる。猛暑のなか会社の秘書と弁護士を伴って、大介に会社を追い出された元社員を一人ずつ訪ね、所有している株を売ってくれと頼むのは大変な作業だった。

しかしそんなのは、突然別れを告げられた雛子の苦しみを思えばなんでもない。

白石メディカの役員を説得するのは時宗に頼む。大介の粛清《しゅくせい》を恐れて腰巾着《こしぎんちゃく》と成り下がっていた連中をこちらに引き入れるには、クインパスのブランド力が必要だったのだ。

ニューヨーク行きが迫るなか、毎日が時間との闘いだったが、朝哉はできる限りのことをした。

だけど、自分はその結果を日本で見届けることはできない。

「まあ、おまえが向こうに行っている間は、私が雛子さんを見守っていよう。彼女の動向はちゃんと知らせてやるから心配するな」

「はい、よろしくお願いします」

雛子のことを定治に託し、朝哉はこの週末、ニューヨークに発つ……

そしてそれから六年後、朝哉は定治たちの予想を遥かに上回る二十七歳という若さで、専務にまで上り詰めたのだった。

＊

「——そして俺は再びヒナの前に現れた。もう一度好きになってもらうために」

雛子は今、新たに通された個室でテーブルを挟み、朝哉と向かい合っている。

——そんな……

彼から聞かされた話は、雛子にとって想像もしなかったことばかりだ。

裏切られたと思っていた。自分はもてあそばれ捨てられたのだと。

――だけど違った。

彼は雛子を救うために自分を犠牲にしていたのだ。

「朝哉、私……」

その時、戸が開き、しゃぶしゃぶ鍋と具材が運ばれてくる。

従業員が菜箸《さいばし》で肉を取り出そうとしたところで、雛子は「あとは自分でやりますので」と声を掛けた。一刻も早く二人きりで話したかったのだ。

すると従業員が去った途端に朝哉が掘りごたつから飛び出して、勢いよく土下座した。

「悪かった！」

「朝哉!?」

「あんなやり方、絶対にヒナを傷つけるってわかってた。ヒナが欲しくて、ヒナに俺を覚えててほしくて、だったら抱いてしまえばいいって……そのくせ土壇場《どたんば》で怖気《おじけ》づいて……俺は卑怯者だ……」

畳に額《ひたい》を擦《こす》り付《つ》けたまま動かない彼にそっと近づき、雛子はその肩に触れる。

「朝哉、顔を上げて」

「ヒナ……」

顔を上げた彼と膝《ひざ》を突き合わせ、じっと見つめ合った。

「……本当に卑怯だよね。何も言わないで」

「うん、ごめん……」

「全部、私のため？」

そこで朝哉が黙り込む。

そうだ、彼はこういう人だった。

強引で自信家で、だけど雛子にはいつも甘く優しく、そして必死で。

ほんの短い逢瀬のために何度も車を走らせてくれた。絶対に救うと言ってくれた。

最後に抱いてしまえばいいものを、それさえ耐えてしまう、そんな人だから……

「朝哉、好き……」

消え入りそうなほど小さな呟《つぶや》きが、涙の粒と共にポロリと零れた。

自分を裏切ったひどい男。憎んで恨んで沢山《たくさん》泣いて、それでも……

ずっと好きだった。別れてからも忘れたことなどなかった。

心の裏側にある本音を言葉にすると、もう気持ちを誤魔化《ごまか》すことなどできなくなる。

「好きなの……ずっとずっと大好きで……」

「ヒナっ！」

きつく抱きしめられ、抱きしめ返す。

「ヒナ、俺だってずっと……ヒナ、ヒナっ！」

耳元でうわ言のように名前を呼ばれると、身体の力が抜けていった。

髪に差し込まれた細い指が地肌に触れるたび、身体の奥から甘い疼《うず》きが迫《せ》り上《あ》がる。

「ヒナ……今、俺、めちゃくちゃキスしたいんだけど……駄目かな」

耳朶《みみたぶ》に押し付けられた唇が、吐息《といき》と共に余裕のない声で問いかけてきた。

——やっぱりズルい……

「……駄目って言ったらやめるの？」

そう聞き返すと、朝哉はバッと顔を離して雛子の瞳をのぞき込む。そして、まいったというようにクシャッと表情を崩した。

「ふっ……いや、止められないな」

見つめ合い、同時にクスリと笑う。

朝哉が雛子の髪をサラリと撫《な》でると、額《ひたい》に、目蓋《まぶた》に、そして頬に、啄《ついば》むような口づけを降らせた。

「ヒナ……愛してる」

切なげな声と共に唇が重なる。

最初はそっと触れるだけ。

すぐに一旦離れてもう一度重なったそれは、六年分の想いを注ぎ込んだように、深く熱く情熱的だ。

「は……ヒナ……っ」

口づけの合間に名前を呼ばれ、また口づけられる。

徐々に強くなる腕と唇の圧力。

水っぽい音と共に舌を搦《から》め捕《と》られ、逃げることは許されない。

――もう逃げるつもりはないけれど……

雛子の頬を伝う涙を、綺麗な形の唇が拭《ぬぐ》いとった。

朝哉の体重がグッと身体にのしかかり、抱きしめられたまま畳に倒れ込む。

熱情を孕《はら》んだ瞳に上からのぞき込まれ、また唇が覆《おお》い被さってくる。

ピチャッ……

朝哉が顔の角度を変えるたびに唾液が混ざり合い、粘着質な音と荒い吐息《といき》が部屋を満たした。

「んっ……とも……っ」

「ヒナ……ヒナっ！」

雛子の手に指を絡め畳に縫い付けたまま、朝哉がさらに身体を押し付ける。

彼の右手が腰のラインをたどった、その時。

「お客様、失礼いたします」

障子戸の向こうから遠慮がちに女将《おかみ》の声で呼びかけられた。二人は動きをピタッと止め、次の瞬間、離れる。

「はい、どうぞ」

朝哉の声を待って、ゆっくりと戸が開いた。雛子は掘りごたつに身を小さくして座り、朝哉はそのすぐ近くで正座している。

「黒瀬様から伝言でございます。先に社に戻っているから二人はゆっくりしていきなさい。社内報のインタビューは時間をずらしたが、午後三時には戻るように……とのことです」

会計は会長が済ませてくれたそうで、二人は慌てて食事を終えるとコーヒーも飲まずに店を後にした。

駐車場では竹千代が車のドアを開けて二人を出迎えてくれる。

雛子は朝哉と並んで後部座席に座った。

「社長から帰社は午後三時でよいと伺っております」

「ああ、それまで車を適当に走らせてくれ」

竹千代は恋人繋ぎの二人の手元をチラリと見ると、「おめでとうございます」と目を細めた。

「ああ……情報の行き違いがあって、いろいろダダ漏れになった結果……こうなった」

朝哉がそう答えると、竹千代はゆっくりと車を発進しながら「なるほど……」とミラー越しに後部座席へ視線を送る。

「要はバレたってことですね」

「……まあ、そういうことだ」

雛子は竹千代と朝哉を交互に見やった。

今の会話からすると、竹千代も事情を知っているらしい。

「竹千代さんも朝哉さんと私の過去をご存じなんですか？」

「はい、実は私がマンションを……」

「あ〜、タケ！　詳しくは俺からヒナに追々話していくから！」

竹千代は、クインパス本社までの道のりを、遠回りしながらゆっくり走ってくれた。

その間に、雛子が気にかけていた白石メディカの現状を朝哉が語って聞かせる。

曰《いわ》く叔父の大介を解任後、白石メディカはクインパス傘下に入った。

時宗が解雇されていた古参の社員を呼び戻して各部署の重要なポストに充《あ》てがい、クインパス本社からも優秀なスタッフを派遣して、ノウハウと資金を惜しみなく投入。

白石工業は、カテーテル開発時から宗介をサポートしていた古参のベテラン社員を新たな社長に迎え、研究開発センターのセンター長には朝哉の兄である透が就いているという。

「──建物全体も改装してあるんだ。社員食堂は綺麗なカフェになってるし、今度一緒に見に行こうよ。社員のみんなもきっと喜ぶ……ヒナ？」

そこまで聞いてぽろぽろと涙を零す雛子を見て、朝哉がうろたえる。

「ヒナ、ごめん、大丈夫か？　タケ、ティッシュ、ティッシュだ！」

「朝哉、大丈夫だから……」

──朝哉は私の知らないところで、ずっと愛情を注ぎ続けてくれていたんだわ……

雛子のために後継者になる道を選び、みんなに頭を下げてくれていた。

憎まれていると知りながら、いつか一緒になる日を信じて、雛子の父親の会社を守ってくれていた……

宗介亡き後の白石メディカは沈みかけた船……いや、半分はもう沈んでいたのだろう。

それを必死に引き揚げてくれたのが、ほかでもない朝哉だったのだ。

雛子は涙を拭《ぬぐ》って微笑《ほほえ》むと、「大丈夫、ただ幸せなだけ……」と愛する人の手を取った。

4　あしながおじさまの正体

「――うそっ！　とうとうお会いできる！」

朝哉と和解した三日後。雛子は会社から自分に用意されたマンションに戻り、叫び声を上げた。

久しぶりにあしながおじさまからメールが来たと思ったら、帰国の連絡だったのだ。

いつもに比べて素っ気なく連絡事項のみなのは、たぶん帰国前で忙しいからなのだろう。

「どうしよう……しあわせすぎて怖いくらい」

父の会社を守ってくれたのが朝哉なら、これまで経済的にも精神的にも雛子を支えてくれたのがあしながおじさまだ。

朝哉と再び心を通わせることができて、今度はおじさまの帰国。

こんなに嬉しいことが重なるなんて。

「お気に入りのドレスを着て空港に迎えに来て……って書いてあったわね」

おじさまの文面を思い出して急いで立ち上がり、ウォークイン・クローゼットを開け放つ。

そこにあるのは雛子のサイズにぴったりの素敵なドレスばかり。

――このなかで『お気に入り』だとしたら……

雛子はクローゼットの一番奥まで進むと、カバーのかかったドレスを手に取って中身を取り出す。

それは朝哉との思い出のシフォンドレス。

彼から婚約破棄を言い渡された日以来、袖を通すことはなかったけれど……これを着たいと無性に思った。

愛する人との思い出のドレスを着て、大切な恩人であるおじさまに会う。

そしていつか朝哉と三人で、自分たちの奇跡の出会いと偶然を笑顔で語り合うのだ。

そんな姿を想像して、雛子は頬を緩ませた。

ちょうどその頃、朝哉がヨーコたちに散々飲まされているとも知らず。

＊

その夜。雛子はヨーコから緊急の電話をもらった。

『ヒナコ。トモヤが酔って大変なのデス！』

マンションのエントランスに呼び出されて急いで向かうと、泥酔《でいすい》状態の朝哉が竹千代とヨーコに両脇を抱えられている。

「ヨーコさん、朝哉はどうしたんですか？」

「今日は祝杯をあげていたのデス。愛する雛子と復縁できたと、トモヤはアホみたいにはしゃいでいました。デスガ……」

心配する雛子に、ヨーコは暗い顔になる。

「同時にトモヤはとても悩んでいるのデス。オレは変態ストーカーだ。きっと許されない。もうダメだ！　と泣いてました」

「朝哉が……」

「……というわけなので、トモヤの介抱をお願いします」

「えっ」

戸惑《とまど》う雛子に朝哉を託した彼女は、「トモヤの行動はすべてヒナコのためなのデス。どうか話をよ～く聞いてあげてくださいネ」と告げ、竹千代と二人で去っていった。

――どうしよう、とりあえず私の部屋で休ませるしか……

雛子は状況がよく呑み込めないまま、ヨタヨタとエレベーターに乗る。

「朝哉、大丈夫？　歩けそう？」

「ん……だいじょぶ……」

一応返事をするものの、彼は今にも眠ってしまいそう。

その上、雛子が二十五階を押そうとすると、「ちが～う」と言いながら二十九階を押した。

「ふふっ、朝哉、違うわよ」

こんなふうに酔った朝哉を見るのは初めてだ。

ちょっと可愛いな……と思っているところに、彼が「ハハッ、ヒナだ～。可愛いな」と言って抱きつき、キスをしてくる。

「ちょっ……あっ……」

アルコールの香る吐息《といき》と共に顔中に唇を押しつけ、最後はネットリと舌を絡めた口づけに変わった。

おかげで階数ボタンを押せないでいるうちに、エレベーターが二十九階で開く。朝哉が酔っ払いとは思えない力強さで雛子の手を引き、歩き出した。

「ちょっと朝哉、この階は違うって……」

そして奥の部屋の前まで行くと、胸ポケットからカードキーを出し慣れた手つきでドアを開ける。

——えっ……開いた！

「ただいま～」

「えっ、ちょっと！」

彼は雛子がいることを忘れたかのように、一人でフラフラと奥に行ってしまう。

——いやだ、どうしよう。

少し悩んだものの朝哉が心配だったので、雛子は「お邪魔します」と小声で呟《つぶや》いて靴を脱ぐ。

奥に進むと、朝哉はリビングのソファーで眠りこけていた。

彼の寝顔を見てクスッと笑う。

少し落ち着きを取り戻した雛子は周囲を見渡した。

自分が住んでいる部屋より少し広いが、造りはほぼ同じだ。

——ここは誰の家？

もしかしたら定治か時宗の持ちものなのかもしれない。それともクインパスが用意している部屋……とか？

ここは本社から比較的近いから、帰宅が遅くなった時用の泊まり部屋なのかもしれないなと勝手に解釈して、再び朝哉を見下ろす。

――身体を丸めて肌寒そう。

「朝哉、こんなとこで寝たら風邪を引いちゃうわ」

既《すで》に軽い寝息を立てているのを見て、もうここから動かすのは無理だと判断する。

雛子はとりあえず、朝哉の上着を脱がせてネクタイを外した。

続いてキョロキョロと辺りを見回して何か上に掛けるものを探したけれど、見当たらない。

「朝哉、寝室はどこ？」

返事がないため、仕方なく自力で探すことにした。大体の見当はつくので、リビングに一番近い部屋をのぞく。予想通り、そこがメインベッドルームだ。

「勝手に失礼します……」

雛子は一声かけて、無人の部屋に足を踏み入れる。

広い部屋にドンと置かれたキングサイズのベッドは朝起きたままなのか、布団がめくれてシーツに皺《しわ》が寄っていた。

扉が開いたままのクローゼットに並ぶ、何着ものスーツやネクタイ。

壁際にある机にはデスクトップ型のパソコンが鎮座《ちんざ》していて、周囲に書類が広げられている。

――違う、ここはただの泊まり部屋じゃない。ちゃんと人が生活している空間だ。

「それじゃここって、朝哉が住んでるマンション？」

——私と同じ建物に住んでいるっていうこと？

「どうして？　今までそんなこと一言も……」

混乱しつつ、もう一度部屋を見渡したところで、ふと奇妙なものが目につく。

近くに寄ってそれをじっくりと眺めた雛子の唇が、わなわなと震え出した。

「嘘っ！　これって……」

＊

「う……ん、頭痛《い》って～」

朝哉が目を覚ますと、そこはリビングのソファーだった。

起き上がった途端に頭がガンガンする。思わず額《ひたい》に手をやった。

「やっべ。昨日帰ってそのまま寝ちゃったのか」

ヨーコと竹千代に誘われて飲みに行ったまではよかったが、不安のあまりつい飲みすぎてしまったようだ。

実は朝哉は、土曜日に雛子へすべてを打ちあけようと密《ひそ》かに決意していた。

前回の失敗があるため、ヨーコたちには成功してから報告するつもりだ。

それを知らないヨーコに、『早く言え、ヘタレ』とずいぶん活を入れられ、そのお酌で日本酒を飲んだあたりから、記憶が途切れている。

「ヒナがいたような気がしたけど……」

雛子の夢を見た。

彼女が奥さんみたいに出迎えてくれて、心配してくれて、エレベーターでキスをして、一緒に帰ってきて……

「うん、幸せな夢だったな」

雛子と恋人に戻れたものだから、夢にもそれが現れたのだろう。

——あれっ？

そこでおかしなことに気づく。

自分の身体に毛布がかけられていたのだ。

夜中に寒くなって自分で寝室から運んできたのだろうか。

だったらそのままベッドで寝ればいいものを、酔っ払いの行動は理解不能だ。

「記憶がないってヤバイな」

こんな失態を雛子の前で曝《さら》すようなことがあってはならない。しばらく会社の付き合い以外では飲まないようにしようと、朝哉は心に決めた。

時計を見ると、もうすぐ出勤時間。

「マズい、準備しないと！」

土曜日の結果がよい方向に進むよう、彼女に大人の男性をアピールするのだ。遅刻なんてダサい真似はできない。

朝哉はシャワールームに飛び込むと、勢いよく冷水を浴びたのだった。


そして土曜日、当日。お昼前の空港は、週末ということもあって、沢山《たくさん》の人で混雑していた。

そんななか、朝哉は第三ターミナルの到着ロビーに立っている。

身にまとっているのは、少し光沢のあるイタリア生地のネイビースーツにストレートチップのフォーマルシューズ。

しかも両手で抱えるほどの大きな花束を持っているので、かなり人目を惹《ひ》いている。

左手を持ち上げて腕時計を見ると、時刻は午前十一時を五分過ぎていた。

朝哉は十分前に到着しているから、既《すで》に十五分待っていることになる。

――めずらしいな。

待ち人は雛子だ。

朝哉の知る限り、彼女は遅刻をしたことがない。

真面目で優しい彼女は、相手を待たせるくらいなら自分が早めに到着して待っているほうがいいというタイプだ。

――しかも今日は特別だしな。

待ち合わせ相手は、雛子がずっと会いたいと願っていた『あしながおじさま』。

それこそ十分前から待っていてもおかしくない。

だからこそ、朝哉も早めにスタンバイしたのだが……

「まさか事故とか⁉」

不吉な考えが頭をよぎり、胸ポケットからスマホを取り出そうとしたところで、左手のほうから
ヒールの音が聞こえてきた。同時に紺色が目の端に入り、朝哉はハッとそちらを向く。

――来た！

心臓がドクンと大きく跳ねる。

彼女が着ているのは、ウエストをリボンベルトで絞った濃紺のシフォンドレスに五センチヒール。

あの頃よりも明るい髪色になっているけれど、毛先をクルンと巻いた髪型は、初めて会ったあの
パーティーをそのまま再現していて……

彼女にお気に入りのドレスで来てと伝えたのは、朝哉の願掛けのようなものだ。

そう書けば、雛子は二人にとって嬉しいことも悲しいことも含め思い出深いその一着を選んでく
れるんじゃないか、そうだったら嬉しいのに……と。

――だけど、まさか本当に着てきてくれるなんて……

もうそれだけで胸が一杯で、今にも涙腺が崩壊しそうだ。

――駄目だ、ちゃんとすべてを伝えるまでは……

その上で雛子に赦《ゆる》されてこそ、スタートラインに立てるのだから。

全身を緊張が襲い、ブルッと武者震《むしゃぶる》いする。

花束をきつく握りしめて深呼吸している間に、ヒールの音が止まり、目の前に雛子が立った。

朝哉はゴクリと唾を飲む。

「ヒナ、来てくれてありがとう。驚いたと思うけど、実は俺が……」

「あしながおじさま、お会いできて光栄です」

雛子はドレスの裾《すそ》を軽くつまみ、カーテシーをしてからニッコリと朝哉に微笑《ほほえ》みかけた。

——えっ⁉

「ヒナ……え？　どうして……」

動揺している朝哉に構わず、彼女は話し続ける。

「あしながおじさま、おじさまの帰国を楽しみにお待ちしておりました。やっとお会いできましたね。今日はおじさまに手紙を書いてきたんです。今から読むので聞いていていただけますか？」

真っすぐに目を見て言われ、朝哉は訳がわからないままコクコクとうなずく。

すると、雛子はバッグから手紙を取り出し、澄んだ声で読み上げ始めた。

あしながおじさまへ
おじさま、メールではなく、ちゃんと便箋《びんせん》に手紙を書くのは久し振りで、なんだか緊張しています。

ですが、六年分の想いをこめて、一生懸命に書きますね。

おじさま、六年もの長い間、私を支えてくださり、本当にありがとうございました。

父を失い、家を失い、愛する人にも捨てられた私は、生きているのも息を吸うのも辛《つら》い毎日を送っていたのです。

その失意の日々に射した一筋の光が、おじさま、あなたでした。

おじさまは私に住む場所と学ぶための環境を与えてくださっただけでなく、愛と希望をくださいましたね。

それは凍りついた私の心を解かし、まだ生きていてもよいのだと思わせてくれました。

手紙を書けば返事が来て、『ありがとう』と言えば『ありがとう』と返ってくる。

そんな些細《ささい》なやり取りが、私に明日という日を楽しみに待つ喜びを与えてくれたのです。

今までに何度もおじさまのことを想像してみました。

早くに妻子を亡くした孤独な資産家。

仕事に没頭しすぎたあまり家族を作る機会を失った実業家。

それとも偏屈者で家族に去られて一人ぼっちになった寂しがりや。

背は高いのかな？　声は嗄《か》れているのかもしれないな？　白髪なのかな？

想像するたびにあなたの姿は違っていましたが、優しい笑顔なのはいつも同じで。

ですがもう、そんなのどうでもいいんです。

おじさまがどんな姿だろうが構いません。

自分勝手で強引だろうが、嘘つきでカッコつけで実はヘタレだろうが、執着のすぎるストーカーであろうが……

会社ではクールと言われる素敵でモテモテな専務なのに、実は乙女チックなロマンチストだろうが。

六年も前の手紙を封筒とセットで後生大事《ごしょうだいじ》に額縁に入れて部屋に飾ってあるのにはドン引きしましたが、同時にとても嬉しかったです。

私があなたを恨み、忘れようとしている間も、あなたはずっと私を思い続け、知らないところで守ってくれていたのですね。

高校卒業後、働こうとしていた私に、自分の秘書になってほしいから留学して資格を取ってくれと言ってくれた時も、世間知らずの私は必要とされる嬉しさで、それがどんなにあなたに負担をかけるのか深く考えませんでした。

誕生日プレゼントにクリスマスプレゼント。

あなたは毎年欠かさず贈り続けてくださっていたのに、私はあなたの住所を知らないのをいいことに、ただただその親切に甘えるばかりでした。

十七歳の誕生日から始まって、毎年一本ずつ贈られる薔薇《ばら》の花が増えていくたびに、あなたの深い愛情を感じていました。

この薔薇《ばら》が二十二本になったらおじさまに会える。

その日を心待ちにしていました。

今度は私が恩返しする番です。

あなたの秘書として仕事を助け、あなたの恋人として癒《いや》しになりたい。

私の一生をかけてあなたを支えたい。

ずっと傍《そば》にいさせてほしいのです。

大学を卒業したら私の秘書になりなさい……そうおっしゃったのはおじさまです。

今さら変更は受け付けませんよ。

最後に。

おじさま、私がこうして手紙を書くのは今日が最後です。

だって、これからはずっと一緒にいるのですから。

そうですよね？

それではおじさま、さようなら。

そして、改めてよろしくお願いします。

心からの愛と感謝をこめて。

雛子より

＊

「――以上……です」

雛子は声を震わせながらそう締めくくると、俯《うつむ》いて手紙を四つ折りにした。

――届いたかな、私の気持ち。

あの日、泥酔《でいすい》した朝哉の部屋で雛子が見たのは、洒落《しゃれ》たアカンサス文様が描かれた立派な額縁だった。

それは机から見える絶妙な位置に飾られていて、金の縁取りの重厚さと、ガラスの向こうに収まっている四角い紙切れと封筒が不釣り合いな印象を抱かせる。

それが奇妙に感じて、思わず近寄った雛子は、そこで言葉を失った。

その中に飾られていたのは、有名な絵画でも表彰状でもなく、雛子の筆跡で綴《つづ》られた手紙。

そう、六年前に『あしながおじさま』宛てに出したはずのものだったのだ。

——どうしてこの手紙がここに⁉

過去の出来事を遡《さかのぼ》り、その答えにたどり着くのは、あっという間だった。

朝哉が『あしながおじさま』だったんだ。

朝哉は雛子を救うために父親と祖父に頭を下げ、彼らの力を行使することを選んでいる。

その力の使い道はまだあった。それが『あしなが雛の会』だ。

そう考えた時にふと閃《ひらめ》く。

『雛の会』という名称は偶然だったのだろうか。

インターネットで検索しても見つけられなかったその会が、自分のためだけのものだとしたら？

そこまで考えて、雛子は全身を雷に撃たれたような衝撃を受ける。

『あしなが雛の会』も『あしながおじさま』の個人的援助も、両方が朝哉からのもの。

割烹《かっぽう》料理屋で聞いた、祖父からの資金を元にした貴重なお金は、雛子のために使ったに違いない。

「朝哉はそこまでして……」

苦しかったのは雛子だけじゃなかった。

いや、すべてを知りながら長年雛子に憎まれ続けていた朝哉のほうが、辛《つら》かっただろう。

その覚悟を思うと胸が締め付けられた。

親の期待も会社の未来も雛子の憎しみも受け止めて、自分自身の孤独も悲しみもプレッシャーも乗り越えて……彼は六年もの歳月をかけて、ようやく雛子の前に現れたのだ。

「朝哉のバカ……何も言わずに自分だけで全部抱え込んで……私のために苦労を背負って……」

頬を伝う涙を拭《ぬぐ》った雛子は、ベッドから毛布を取ってリビングに戻る。すやすやと眠っている彼の頬に口づけると、毛布をかけて部屋を出た。

そして、二十五階の自分の部屋に戻り、すぐにヨーコに電話をかける。

「ヨーコさん、私が知らない朝哉のことを教えてくれる？　ヨーコさんは前から彼のことを知っていたんでしょ？」

ヨーコは、雛子のその言葉に驚いた。

『ヒナコは今、トモヤと一緒じゃないのデスカ？　何も聞いていないのデスカ!?』

「ええ。お願いだから全部話してください」

雛子の真剣な声音に、ヨーコが六年間のことをすべて白状する。

なかなか真実を言えそうにない朝哉を泥酔《でいすい》させ、雛子のもとに運び込んだのだ……と。

＊

雛子が読み終えた手紙をバッグに仕舞おうとした時、その手を掴んで止められた。

「その手紙……貰ってもいい？」

見上げると、瞳を潤《うる》ませた泣き笑いの顔が見つめている。

「……うん。朝哉、今までありがとう。ずっと気づかなくてごめんね」

「ショックだった？　憧れのおじさまが俺なんかで」

「ううん」と雛子は首を横に振る。

「確かに最初は驚いたけど……嬉しかった。大好きなおじさまが大好きな朝哉だったなんて、こんなに素敵なことはないわ」

「ヒナ……」

「実はね、内緒にされてたのは悔しかったから、今日は三十分くらい待たせてやろうって思ってたのよ。だけど……」

そこでチラリと上目遣いで朝哉を見る。

「柱の陰に隠れてようと考えてたのに、朝哉の姿を見たら早く会いたくなっちゃった」

たった三十分が待てなくて、結局五分で出てきてしまったのだ。

フフッと思い出し笑いをしたところで、朝哉に勢いよく抱き寄せられる。

「ヒナっ！」

「きゃっ！」

チュッと口づけられて、そしてまた抱きしめられて。

「ヒナ……愛してる」

「うん、私も……朝哉、愛してる」

「今度こそ……俺の……」

彼が手にした花束から、真っ赤な薔薇《ばら》の花びらがはらはらとロビーに舞い落ちた。

立ち尽くす二人に、周囲の人間がざわつき始める。

「凄《すご》いラブシーン」

「これって映画か何かの撮影？」

「そうじゃない？　衣装の色がお揃《そろ》いだし」

「どこかにカメラがあるのかな。とりあえず写真を撮っておこうよ」

どよめきと「ほうっ」という溜息《ためいき》、そしてカシャカシャと鳴るシャッター音。

そんなざわめきのなか、ふいに朝哉が口を開く。

「ちょうどいい、ついでだから皆に証人になってもらうか」

「えっ？」

雛子が顔を上げると、そこにあるのは思いのほか真剣な表情で。

どうしたのかと見ていると、彼が畏《かしこ》まった口調で語り始めた。

「ヒナ、長い間、苦しい思いをさせて悪かった。俺が未熟だったばかりに迎えに行くまで六年もかかってしまったけれど……これから俺の人生すべてをかけて、辛《つら》かった六年間を上回るしあわせを与え続けると誓うよ。今度こそ本当に一緒になろう。こんな俺でよければ、結婚してください」

そう言って、薔薇《ばら》の花束を差し出す。

「うそ……」

こんな展開、予想していなかった。

だって朝哉にサプライズを仕掛けたのは雛子のはずで、まさか公衆の面前でプロポーズだなんて考えてもいなくて。

——でも……

驚きはあるけど迷いはない。

もう迷うはずがない。

「……ありがとうございます。謹《つつし》んでお受けします。よろしくおねが……っ！」

両手で花束を受け取った雛子が、最後まで言い終わる前に抱きしめられる。

「ありがとう。今度こそ、俺の手で幸せにする」

途端にわっと沸き返るギャラリーと、自然発生する拍手。

朝哉がスーツの胸ポケットからネイビーブルーの小箱を取り出すと、次に起こるであろうことを期待した人たちが固唾を呑んで黙り込む。

彼らの期待通り地面に片膝《かたひざ》をつき、朝哉は雛子の目の前で箱の蓋《ふた》をパカッと開いてみせた。そのダイヤの大きさと煌《きら》めきに、「おおっ！」とどよめきが上がる。

——これはあの日の……

十六歳の誕生日にはめたきり、自分の手に渡ることのなかった思い出の指輪。

あの日、光にかざして見た煌《きら》めきが、六年経って戻ってきたのだ。

それが雛子の薬指にはめられると、再び拍手と歓声が上がる。

「朝哉……ありがとう」

「ん……それじゃ、行くか」

「えっ？」

朝哉が指輪の輝く雛子の左手を握り、そのままスタスタと歩き出した。

モーセが海を渡るかのごとく人垣が割れ、道ができる。

皆が注目する中、二人は堂々と輪の外に出て——

「よっしゃ、行くぞ！」

「えっ、あっ！」

グイッと手を引かれ、雛子は朝哉と一緒に走り出す。

「ハハッ、やった！　よっしゃー！」

心底嬉しそうに顔をほころばせている愛しい人と駆けながら、自然と雛子も笑っていた。

「ふふっ、もうっ、突然すぎでしょ！　それにそんなに走ったら薔薇《ばら》が散っちゃう！」

「あっ、そうか」

そう言うと、朝哉が急に立ち止まった。雛子はドンと彼の肩にぶつかる。

「それじゃカッコつけついでに、コレもやっておくか」

「えっ、何？　……キャー！」

突然、膝裏《ひざ》に手を差し入れられて、フワッと身体が浮き上がった。

「ちょっと、やだ、こんな目立つとこで何やってるの！」

「何って、お姫様抱っこ。花束をしっかり抱いてろよ」

足をバタバタさせて抵抗するも、朝哉は平気な顔で歩き出す。

「もっ、もう……恥ずかしすぎる……」

「俺だって恥ずかしいよ。だけどさ……」

そして、花束で顔を隠す雛子の耳に唇を寄せ、「恥ずかしくてもいいからこうしたいくらい浮かれてるんだ……」と囁《ささや》いた。

「ヒナ……あの日のやり直しをしよう」

「えっ」

雛子がそっと花束をどけて見た先には、思いのほか熱を孕《はら》んだ眼差《まなざ》しがある。

「あの日をちゃんとやり直したい。あの日できなかったその先に……二人で進みませんか？」

——あの日……

愛し合いながらも結ばれなかった日。

婚約をなかったことにされた悲しみの日。

朝哉はこれからそれを上書きしようと言ってるんだ。

「うん、私もやり直したい。そしてその先に進みた……きゃっ！」

途端に朝哉が駆け出した。

雛子はお姫様抱っこされたまま、必死で彼にしがみつく。

二人の後ろには、赤い花びらのヴァージンロードができていた。

＊

「あっ、とも……っ、まだシャワーが……」

「いらない。ヒナの香りが逃げる」

部屋に入ると、雛子はすぐにベッドに運ばれた。

ここは新宿の街並みを見下ろす高級ホテルのゲストルーム。

まるで時間が巻き戻ったかのように、あの日と同じ場所だ。

——だけど、今日の朝哉は違う……

だってあの時の朝哉はずっと辛《つら》そうだった。とても無口で、今にも泣き出しそうな顔をしていて。

こんなに甘くて蕩《とろ》けそうな笑みなんて……

朝哉が時計を外してサイドテーブルにコトリと置き、ジャケットを脱ぎながら見つめてくる。その仕草も蠱惑《こわく》的な瞳も、これでもかというくらい大人の色気を放っていた。

六年経ったのだ……

「今日はこのドレスで来てくれて嬉しかった」

朝哉が雛子に視線を固定したまま首元を緩め、シュッとネクタイを抜く。

「うん……思い出のドレスだから」

「綺麗だよ……もう脱がせちゃうけどな」

「……うん」

そして、ワイシャツを脱ぎ捨て、自身のベルトに手を掛けた。

「実を言うと……かなり緊張してる」

「朝哉が？」

大学時代にそれなりに経験してきているだろうに。そう考えたのが顔に出ていたらしい。

朝哉がベルトを抜きながら、「初めてだよ」と呟《つぶや》いた。

「うそっ！」

「本当だよ。俺がヒナ以外を抱けるはずがない」

ボクサーパンツ一枚になった彼が膝立《ひざだ》ちで見下ろしてくる。

その股間部分が大きく張り出しているのを見て、雛子は唾を飲み込んだ。

その目線を追った朝哉がクスリと笑う。

「ネットで予習したし、想像だけならヒナを何度も抱いてるよ。痛くないのは無理だろうけど……優しくするし、じっくり時間をかけて隅々まで可愛がる」

「……うん」

その言葉だけで腰が疼《うず》く。彼を受け入れる準備を整えるかのように、既《すで》に雛子の下半身は潤《うるお》っていた。

ゆっくり顔が近づいて、再びキスが始まる。その唇の柔らかさにうっとりとしながら、背中のファスナーが下ろされる音を聞いた。

朝哉は雛子の背中を支えて器用にドレスを脱がせ、下着越しの肌を黙って見つめている。

「恥ずかしいから……あまり見ないで」

その視線に耐えきれず、雛子は両手で顔を覆《おお》った。けれど彼は、「どうして。見るよ」と言ってブラのホックを外し、雛子のショーツをスルリと下ろす。

「あっ」

パサッ……と布が落ちる音。

身体を覆《おお》うものがすべて取り払われて、雛子は生まれたままの姿を彼に曝《さら》した。

恥ずかしさで全身がカッと熱くなる。

「こんなのじっくり見たいに決まってるだろ。二十二歳の……大人の女性になったヒナの身体だ」

「……お願いだから幻滅しないで」

あの日、バスローブの下で震えていた十六歳の身体は、彼の目にどう映っていたのだろう。

六年分の変化にガッカリしてなければいいけれど……

「どうして？　こんなに綺麗なのに。……ああ、ヤバイな。想像してたのよりも、やっぱり本物のほうがいい」

その言葉に目を開けると、そこには全裸になった朝哉がいた。

怖いほど整った顔から続くしなやかな肢体。

あまりにもすべての均整が取れすぎていて現実味がない。まるでギリシャ神話から抜け出してきたアポロンかナルキッソスだ。

そんな彼が、情欲の色を隠そうともせずに、真っすぐ自分を見つめている。

目が合うとゆっくりと覆《おお》い被さってきて、雛子は朝哉の香水の香りに包まれた。

思ったよりも筋肉質な腕と胸板に抱きしめられる。初めての肌の密着は、一つになれたようで心地よい。

「は……っ、ヒナの肌、俺にピッタリ馴染《なじ》んで気持ちいい」

朝哉が漏らす感嘆に、彼も同じように感じているのだと、雛子は嬉しくなった。

「ヒナ……」

上唇と下唇を交互に甘噛みされ、頬や目蓋《まぶた》にもキスの雨が降り注ぐ。

はっ……と吐息《といき》を漏らした唇を割って、朝哉の舌が差し入れられた。

口内をグルリと舐《な》め回し歯列をなぞられると、ゾクリと背中が震える。

「はっ……ふ……っ」

舌を搦《から》め捕《と》られ、唾液が混ざり合った。吐息《といき》が徐々に甘くなり、ペチャッと粘着質な音が部屋に響く。

朝哉の唇が首筋に移り、べろりと舌で舐《な》め上《あ》げられた。「あんっ」と鼻にかかった声が出る。

「ヒナ、可愛い……もっと聞かせて」

「あっ！」

大きな右手が胸の膨らみを包み込み、すぐにやわやわと揉《も》み始めた。指を食い込ませたり丸く捏《こ》ねたりしてから、先端のピンクをキュッとつままれる。

「あっ、や……っ！」

その声を合図に朝哉が雛子の胸にむしゃぶり付いた。

胸を鷲掴《わしづか》みにして、色づく周囲を舐《な》めまわし、突起をレロレロと舌先で転がす。

甘噛みされて身体が跳ねると、反らした胸に吸い付かれる。

「ん……あっ……」

「ヒナ、気持ちいい？」

くぐもった声で聞かれ、雛子はコクコクとうなずく。

「もっと快《よ》くするから」

胸の谷間からツツッ……と彼の舌が下りていった。柔らかい髪が一緒に肌を撫《な》で、そこがゾクッと粟立《あわだ》つ。

やがて舌が臍《へそ》を通過して薄い繁みに到達した。

朝哉は上半身を起こすと、雛子の膝《ひざ》裏に手を入れて股を大きく開く。

「あっ、だめっ！」

「凄《すご》い……もうこんなに溢《あふ》れてる」

「イヤっ、見ないで！」

自分でさえ見たことがない秘部をじっくりとのぞかれ、羞恥《しゅうち》で雛子の顔が熱くなる。

膝《ひざ》を閉じたいのに強い力で押し返され、それどころか朝哉がさらに顔を近づけて、至近距離から恥ずかしい場所を凝視していた。

「すごい……女の子のココってこんなふうになってるんだな」

「朝哉、だめっ、本当に」

「中はあざやかなピンク色だ……ヒナ、見られて感じてるの？　いっぱい垂れてきた。それにヒクヒクしてる」

自分でも気づいていた。身体の奥から湧き出る甘い疼《うず》きに。朝哉から与えられるであろう快感を期待して、いやらしい液が割れ目を伝っていることにも。

それはきっと朝哉の目の前でシーツを濡らしているに違いない。

「とても綺麗だ……ヒナ、舐《な》めるよ」

「イヤっ、そんなとこ駄目、やめて！」

思わず両手で顔を覆《おお》ったその瞬間、今まで誰にも触れられていなかったその場所に、彼の息が吹きかかった。

生温《なまあたた》かい舌の感触が割れ目をなぞり、思わず雛子の太腿《ふともも》に力が入る。

「あっ、やっ……ああっ！」

ペチャ、ピチャッという音が、次第にジュッ、ジュルッという、湿度の高いものに変わっていく。

舐《な》められキスされ啜《すす》られて、そこが麻酔から醒めた時みたいに痺《しび》れてくる。

水音はさらに激しくなり、それに伴い刺激も増した。

「あんっ！」

漏らした自分の声が甘ったるい。

慌てて口を覆《おお》うと、「声を聞かせて」とせがまれた。

「ヒナが感じる声を聞きたい。どうすれば快《い》いのか、どこが快《い》い場所か、ぜんぶ教えて」

彼にまた攻め立てられる。

「でも、そんな……っ」

「ここにいるのが本物のヒナだって、俺がヒナを気持ちよくさせてるって実感したいんだ」

――あっ……

そうだ。雛子にとって思い出すのも辛《つら》いあの日の出来事は、朝哉にとってもまた、悲しい思い出なのだろう。

それを今から上書きするのではなかったのか。朝哉だけではなく、二人で一緒に。

そう考えた途端、胸が熱くなる。恥ずかしさよりも愛しさが上回った。

緊張を解き、朝哉の愛撫《あいぶ》に身をゆだねると、後はもうそのすべてが快感に変わる。

「ヒナ、ちゃんと感じてる？」

「うん……っ、気持ち、いい」

「ココを舐《な》められるの、好き？」

「好きっ……ああっ、イイっ！」

雛子の言葉に目を細めた朝哉が、わざと大きな音を立て、激しく口淫《こういん》した。

「ヒナっ、美味《おい》しいよ、もっと感じてぐちょぐちょになって」

両手で大きく脚を開かれ、溢《あふ》れる蜜を勢いよく舐《な》められ吸い上げられる。

その上にある小さな蕾《つぼみ》にキスが落とされた瞬間、腰がピクンと跳ねた。

「ヒナ、今からここをいじめるよ。ちょっと苦しいかもしれないけど、気持ちよくイけるはずだから」

――いじめて……イく？

意味を理解する前に、ソコをペロリと舐《な》められる。飴玉《あめだま》のように舌で転がされ、嬌声《きょうせい》が上がった。

それは今までの比ではない甘い刺激。子宮のあたりから何かが迫《せ》り上《あ》がってくる。

怖いのに、身体がその先を求めて身悶《みもだ》えている。

雛子は思わず腰を浮かし、シーツを握りしめていた。

「……剥《む》くよ」

朝哉が愛液を人差し指に纏《まと》い、指の腹でクリクリと回しながら包皮を剥《む》いていく。中から熟《う》れた膨らみが顔をのぞかせ、彼の顔に歓喜が宿った。

「はっ……たまんないな」

すぐにむしゃぶりつき、唇で挟み、ガジガジと甘噛みされる。

勃《た》ち上《あ》がった剥《む》き出《だ》しは、直接的な刺激に敏感だ。同時に与えられる快感と苦痛に、雛子の顔が歪《ゆが》む。

「嫌っ、イヤッ……ああっ、ダメぇっ！」

「ヒナ、イって」

チューッと大きな音を立てて吸い上げられ、全神経がソコに集中する。限界を超え、目の前でパンと光が弾けた。

「あっ、あっ、あーーっ！」

背中を仰《の》け反《ぞ》らせて嬌声《きょうせい》を上げた雛子は、ビクンと数回腰を浮かせて脱力する。

生まれて初めての衝撃。

まだピクピクと痙攣《けいれん》を繰り返すピンクの蕾《つぼみ》を見つめ、朝哉が満足げに目を細める。そしてグッタリしている雛子の顔に目をやった。

「エロいな……。イったヒナの顔も、トロトロのココも……」

そんな彼の言葉に、これがイクということなのだ……と納得する。

えも言われぬ満足感と脱力感。全身が性感帯になったみたいに敏感になっている。

雛子がぼんやりしていると、朝哉の長い指が蜜壺にツプ……と沈められた。

「あっ……！」

そこに何かの侵入を許すのは、生まれて初めて。

達したばかりの身体には刺激が強く、脚を閉じようとするものの、間に陣取る朝哉に阻《はば》まれる。

「痛い？」

「ん……あんっ、痛くはないけど、なんか変……っ」

ナカがムズムズするような、キュンキュンするような……

「うん、ヒナのナカがキュッて窄《すぼ》まってる」

雛子の言葉に安心したのか、彼は指をもう少し先に進める。クチュッ……と卑猥《ひわい》な音がした。

押し広げるように奥のほうでグルリと指を回してから入り口近くに戻り、今度は浅いところを探るように内壁を撫《な》でる。

「あ……やっ！」

ある一点で雛子がピクンと反応したのを見て、朝哉が「ここか」と呟《つぶや》いた。

内側からソコをトントンと優しく叩《たた》かれると、甘い痺《しび》れがジワジワと湧き上がり、思わず膝《ひざ》が寄ってしまう。両脚でキュッと朝哉の腕を挟み込む形になり、彼が微《かす》かに笑いを漏らした。

「ヒナ、締めすぎだ……腕も、俺の指も。そんなにココが感じる？」

そう言いながら、彼はまたしてもソフトタッチでそこを刺激し、その後で指の腹をグッと押し付けてきた。

「んんっ……やっ！　ああっ、ダメっ！」

「凄《すご》っ、また締まった。俺の指を喜んで呑み込んでいくみたいだ」

朝哉が指を二本に増やし、抽送《ちゅうそう》を開始する。

子宮のあたりから何かが迫《せ》り上《あ》がってきた。

指のスピードが速められると、それが大きな波になり、全身をあっという間に呑み込む。

「やっ、朝哉、やめてっ！」

「またイキそう？」

「イくっ、イっちゃ……ああっ、イくっ！」

目蓋《まぶた》の裏がチカチカして、背中に電気が走った。

つま先をキュッと丸めた瞬間、絶頂に達する。

大きく胸を上下させながら目を開けると、朝哉が避妊具を装着しているところだった。

彼の手に握られているソレは、想像以上に太くて長くてグロテスクだ。

――あんなに大きいの⁉

でも、この期に及んで怖気《おじけ》づいているなんて言えない。雛子がそっと目を逸《そ》らすと、それに気づいた朝哉がフッと笑った。

「怖い？」

「そんな……」

「俺は怖いよ」

――えっ？

「今だって、これが夢だったらどうしようって思ってる」

この六年間、ずっと雛子のことを考えていた。夢の中で何度も雛子を抱いていたのだ。そう朝哉が言う。

「嬉しくて気持ちよくて感動して、そして貫《つらぬ》いた途端に目が覚めるんだ」

頬を濡らす涙が喜びから絶望に変わって、また一日が始まる。その繰り返し。

そんな日々を、雛子と再び会えることだけを希望に生きてきたのだと、彼は切なげに微笑《ほほえ》んだ。

「ごめんな、ヒナがイヤだって言っても、俺はもう止められない」

「イヤじゃない！」

雛子の大きな声に、朝哉が目を見開く。

「イヤじゃないの。怖くないって言ったら嘘になるけど、それでも朝哉ならいいの。怖くても痛くても、朝哉なら大丈夫。ううん、私が抱いてほしいから――」

そこまでで、言葉は遮《さえぎ》られる。

「ヒナ……挿《い》れるよ」

そう言った直後、ズンッ！　と重い衝撃と共に、朝哉が雛子を貫《つらぬ》いた。

「あっ、あーーーっ！」

雛子の頭のてっぺんからつま先まで稲妻《いなずま》が走る。

呼吸が上手《うま》くできずに必死で手を伸ばすと、朝哉がその手に指を絡め、口づけてくれた。

「雛子、ヒナ、ヒナ……っ」

余裕のない声で何度も呼ばれ、ナカいっぱいに彼を感じて――雛子の心と身体がほぐれていく。

「朝哉……嬉しい、大好き」

その言葉に朝哉が顔を上げ、唇で雛子の涙を拭《ぬぐ》う。

「ずっと、こうしたかったんだ……やっと……」

彼は再び上体を起こし、蜜壺ギリギリまで漲《みなぎ》りを引き抜いて、最奥めがけて突き刺した。

「ああっ！　あっ、やっ！」

「はっ、うあっ、気持ちいっ……ヒナっ！」

もう後は無言だ。

朝哉がひたすら腰を激しく打ちつけ、雛子は痛みと喜びとの狭間《はざま》で揺さぶられる。

ホテルの部屋にはパンッ！　と肉がぶつかる音とグチュグチュという淫靡《いんび》な水音、そして二人の喘《あえ》ぎ声《ごえ》だけが響く。

「ヒナっ、イクっ！」

低い呻《うめ》きの後で朝哉自身が跳ね、ナカで数回震えたのちに止まる。ズルリと引き抜いたかと思うとすぐに新しいゴムに付け替え、彼は再び挿入《はい》ってきた。

額《ひたい》に、目蓋《まぶた》に、そして唇に、啄《ついば》むようなキスをしてから雛子をギュッと抱きしめる。

「ヒナ……ヒナ、ありがとう。愛してる」

耳元で囁《ささや》かれ、すぐに全身が多幸感で満たされた。

「朝哉、私も愛してる」

「うあっ、締まった！　……ごめん、また動くよ」

朝哉がゆるりと腰を動かす。大きくナカを掻《か》きまぜるように、そして時折つつくように。

先ほどと違って優しいそれは、雛子の内部を柔らかく開き、快感の火種を灯していく。

「あっ……んっ……」

「ヒナ、気持ちいいの？」

「わからな……っ、でも、なんだかお腹《なか》が……」

「本当だ、ナカがうねって俺のを扱《しご》いてる。ちゃんと感じてくれてるんだ」

朝哉がコツンとおでこ同士をぶつけ、至近距離から見つめてきた。

「今度こそ、夢……じゃないんだよな」

はらりと零れた彼の涙に胸が震える。

「朝哉、私はここにいるわ。もう絶対に離さないから……お願い、もうどこにも行かないで」

「ヒナっ……ヒナ！」

抱きしめる力を強くして、朝哉が抽送《ちゅうそう》を速める。

それに合わせて雛子が腰を振るのと同時に、二人の息遣いが荒くなった。

「はっ、ヒナのナカ、熱くて最高」

「ともっ、気持ちい……っ、あっ、あんっ」

身体の奥から甘い疼《うず》きが湧《わ》いてくる。快感の炎が大きくなって、二人をあっという間に包み込んだ。

上半身を起こした朝哉が雛子の膝裏《ひざ》を抱え上げ、蜜壷に激しく腰を打ち付ける。

「あっ、凄《すご》い、ああっ！」

「ヒナの声、可愛くてエロい。もっと、啼《な》いてっ！」

パンッ！　と乾いた音が響き、雛子の口から嬌声《きょうせい》が上がる。それに煽《あお》られたように彼が動きを速めた。

「あっ、ああっ！　……駄目、なんだか変になっちゃう」

「いいんだヒナ、俺ももう頭が沸騰《ふっとう》して普通じゃない。二人で気持ちよくなろう」

「やっ、朝哉、もうっ、もう……」

「イけっ！」

激しく腰を振りつつ、朝哉がフィニッシュとばかりに蕾《つぼみ》をつねる。

「やっ、ああーっ、イク……っ」

「うあっ、は……っ、出るっ！」

そして、二人同時に動きを止めた。

「俺たちはもう、二人で一つだ……」

愛する人の呟《つぶや》きが聞こえる。

――朝哉、私、しあわせ……

そう口にする前に、雛子の意識は白い光の中に溶けていった。

＊

松濤にある黒瀬家は、白い土壁でぐるりと周囲を囲まれた、『お屋敷』と呼ぶのに相応《ふさわ》しい立派な門構えの建物だ。

今日、雛子は朝哉の実家に挨拶《あいさつ》をしに来ていた。

朝哉がモニターホンを押すと、内側から六十歳前後の女性が大きな門を開け、二人を出迎えてくれる。

「サキさん、こちらが雛子さん。ヒナ、彼女は住み込みの家政婦のサキさん」

「西口《にしぐち》サキと申します。雛子様のことは以前より坊っちゃまから伺っておりましたよ。どうかサキとお呼びください」

サキは少しぽっちゃりした体型の穏やかな空気を纏《まと》った人だ。彼女は雛子に向かって「ようやくお会いできましたね」と柔らかい笑みを浮かべる。

――そうか、あの時無事に結納を済ませていたら、もっと前にサキさんに会えていたかもしれないのね。

もしかしたら会う機会を逃したままだったかもしれない人と、六年越しに言葉を交わしている。この僥倖《ぎょうこう》をじんわり噛み締めつつ、雛子は門の奥へ足を踏み入れた。

飛び石の敷かれた和風庭園を玄関まで進むと、旅館のように広い土間と式台がある。

その奥に続く飴色《あめいろ》の檜廊下《ひのきろうか》に息を呑みながら、二人についていく。意外にも奥はオープンスペースのだだっ広い洋間になっていた。

毛足の長い絨毯《じゅうたん》の上にはL字型のイタリアンレザーのソファーとガラステーブルが置かれている。

「おお、来たか来たか、待っておったよ」

雛子が部屋に入った瞬間、真っ先に立ち上がって相好《そうごう》を崩したのは定治だ。こっちにおいでと手招きをする。

続いて反対側の二人掛けソファーから時宗と妻の琴子が、そしてソファーのL字の端っこから長男の透が立ち上がり、こちらに向かって微笑《ほほえ》みかけた。

二人がもう一度付き合い始めたことは、朝哉を通じて黒瀬家の人たちに伝えてあったものの、朝哉と雛子が揃《そろ》って挨拶《あいさつ》をするのは初めてだ。

朝哉はこれからクインパスグループを背負って立つ人物で、雛子はただの秘書見習い。付き合うだけならまだしも、結婚相手には相応の家柄のご令嬢を……と社長は望んでいるのではないか、と気後れしたまま雛子は今日を迎えた。だが、その心配は杞憂《きゆう》に終わる。

「今日二人に来てもらったのは、式場の予約のことなんだが」

時宗に開口一番そう言われ、朝哉と雛子は顔を見合わせた。

「ちょっと待って。俺は今日、ヒナとの婚約の日にちを決めたいと思って来たんだけど」

「もちろん近日中に婚約発表もするが、結婚披露宴の会場は早めに押さえておく必要があると思ってな」

そこから先は定治が補足した。

「クインパスグループの次期社長ともなれば、何事もこぢんまりというわけにはいかんのだよ。花嫁となる雛子さんの希望もあるだろうが、式はともかく披露宴だけは関係者を呼んで盛大に行う必要がある」

申し訳ないな……と話を振られ、雛子は「とんでもない」と首を横に振る。

結婚が嫌だという意味ではなく、ひたすら恐縮したのだ。

「あの……私は今日、朝哉さんとのお付き合いを土下座してお願いするつもりで来たんです」

「はぁ!? ヒナ、何言ってんだよ！」

朝哉はもちろんのこと、黒瀬家の面々がギョッとする。

「雛子さん、土下座とは冗談にしても仰々《ぎょうぎょう》しい。どうしてそんなことになるのかな？」

「冗談ではなく、私では朝哉さんに相応《ふさわ》しくないと反対されると思っていたので。だけど私は、朝哉さんともう一度お別れするなんて考えられないんです」

だから土下座でもなんでもしようと決めてきた。そう語っている途中で、隣の朝哉がガバッと抱きついてくる。

「く〜っ、ヒナ〜！ 俺だってもう二度と離れる気はないから！ ヒナはそんなこと心配するな！土下座なら俺がする！」

「ううん、お願いするのは私なんだし……」

いや俺が、ううん私がと言い合いになる二人に、生温《なまあたた》かい視線が降り注ぐ。

ハッとして見渡すと、ニヤニヤしている定治と透、唖然《あぜん》とする琴子、そして見てはいけないものを見てしまったとでもいうように苦い顔をしている時宗がいた。

「朝哉……あなたって、雛子さんの前だとそんなふうになるのね。新しい一面を見せてもらったわ」

「か、母さん！」

「朝哉、仲がいいのはよいことだが、私たちの真意が雛子さんに伝わっていないんじゃないかな？

それと、人前でイチャつくのは程々にな」

「父さん、別に俺たちはイチャついてるわけでは……」

「朝哉、彼女を不安にさせてるようじゃ、未来の夫として失格なんじゃないのか？」

「兄さんまで！」

そして最後に定治が、しみじみとした口調で語る。

「土下座か……朝哉の土下座なんぞは六年前のアレで十分だ。あのな、雛子さん……」

「はい」

「朝哉が私たちに土下座したのは、後にも先にも一度きりだ。コイツが頭を下げてまで頼み事をするのは、雛子さん、あなたのためだけなんだよ。その意味はわかるだろう？」

――ただ一度、私だけのために……

「朝哉……」

雛子に見つめられた朝哉が、悪戯《いたずら》を見つけられた子供みたいに肩をすくめた。

「ヒナ……俺が勝手にやったことなんだから、自分を責めたり申し訳ないとか絶対に思うなよ」

「そんなの……思うに決まってる……」

――この人は、どれだけ秘密にしていることがあるのだろう。

きっと雛子が聞いたこと以外にも、内緒にしていることが沢山《たくさん》あるに違いない。

それはアメリカでの苦労話だったり、会社での人並み以上の努力だったり……

普通なら自慢話にできることでも、雛子に心配させないよう、負担にならないよう、笑い話のオブラートに包んで誤魔化《ごまか》して、自分だけの胸に留めているのだ。

それが彼の優しさで、雛子への愛情で……

「朝哉……私、守られるばかりじゃなくて、朝哉を守れる人間になりたい。あなたを支えたい……」

「何、言ってるんだよ」

涙ぐむ雛子の頬を、朝哉の指先がそっと撫《な》でた。

「いつだって俺を支えてくれているのはヒナなんだ」

「だけど……」

「だけど？　じゃあさ、今まで以上に俺を支えてくれる気があるのなら……」

「うん」

「結婚しようよ」

グッと肩を掴まれて雛子が顔を上げると、三日月《みかづき》みたいに細くなった優しい瞳が見つめている。

「……いいの？」

「いいも何も……ここで駄目って言われたら、俺はもう一生独身でいるしかないんだけど」

「雛子さん、お願いするのはこちらのほうだわ。私たちはあなたに憎まれるようなことをしたんですもの」

「そうだよ、雛子さん。こちらが頭を下げてお願いしても、反対するなんてありえない。雛子さんに捨てられたら、朝哉は本当に独身を貫《つらぬ》きそうだ」

琴子と時宗に揃《そろ》って頭を下げられ、雛子は恐縮するしかない。

「私たちはこの通り、雛子さんを家族に迎え入れる気でいるんだが……どうだろう、結婚に向けて話を進めさせてはもらえないだろうか」

最後に定治からそう言われて、ようやく雛子はうなずいたのだった。


それから離れを案内するという定治について、彼の居室に向かう。

中庭を横に見ながら渡り廊下を進み、障子張りの部屋に入った。

八畳の座敷に通されると、すぐにサキがお茶と花の形の上生菓子を出してくれる。

座布団に座ってお茶を一口飲んでから、定治は改めて「辛《つら》い思いをさせてすまなかったね」と詫《わ》びの言葉を口にした。

「もう済んだことです。それに朝哉さんの行動は理由があってのことだと今は理解してますから」

「琴子も時宗も……会社のこととなると必死になってしまうんだよ」

湯呑みを茶托にコトリと置いて、彼は「本当なら会社を継ぐのは琴子のほうだったんだ……」と語り始める。

当時、営業部のエースだった時宗を見初《みそ》めたのは、琴子のほうだった。

父である定治の秘書をしていた彼女が、社長賞を受賞して壇上に立つ時宗に一目惚《ひとめぼ》れし、定治に頼み込んで見合いに持ち込んだのだ。

滅相もないと固辞した時宗に、琴子は積極的アプローチして結婚まで漕《こ》ぎ着《つ》ける。

やがて会社を継ぐ予定の琴子が妊娠出産で体調を崩したため、代わりに時宗に白羽の矢が立った。

元々仕事ができるのは周知の事実だったし、琴子の婿《むこ》であるため重役からは異論がない。

しかし役員たちは納得したものの、社員の間では『婿《むこ》養子になって上手《うま》いことやった』と口さがない噂が飛び交った。

そんな噂を払拭《ふっしょく》するには実力を示すしかないと、時宗はがむしゃらに働いて周囲を黙らせる。

出産後の琴子も夫を全力でサポートした。

「……そういうわけで、時宗は未だに私に対して畏《かしこ》まるし、琴子の代わりに会社を預かった責任感から抜け出せておらんのだ。琴子は琴子で、時宗を巻き込んだ責任を感じておるんだろうな」

雛子の隣で話を聞いていた朝哉が驚いた顔になる。

「……俺、そんな話、初めて聞いた」

「えっ、そうなの？」

「うん、馴《な》れ初《そ》めさえ知らない」

朝哉と雛子の会話に、「まあ、子供には聞かせにくかったんだろうな」と定治がうなずいた。

大企業の後継者になる苦労を知っているからこそ、時宗と琴子は息子たちへの英才教育を徹底したのだ。勉強だけでなく、企業のトップに立つに相応《ふさわ》しい帝王学も厳しく叩《たた》き込《こ》み、周囲に文句を言わせない形で会社を継がせたいと考えたらしい。

——ああ、だから私たちをここに……

定治は朝哉と雛子にこの話をするために、わざわざ離れまで連れてきたのだろう。

時宗と琴子を恨まないでやってほしいと、そう伝えたくて。

「血の繋がりで会社を継がせるのは、愚かなことだと思うかもしれないが……」

我が子が優秀であれば継がせたいと思うのが親心であり、経営者なのだ……と定治は続ける。

「いくら自分の子供であっても、それが愚か者であれば仕方がないと諦めもするだろう。だが幸いにも琴子は賢かったし、その夫となった男もさらに仕事のできる人間だった。そしてその息子……私の孫も、会社を任せるに足る立派な男に育ってくれた」

定治に水を向けられて、朝哉が雛子を見た。

「俺、専務になった今なら父さんと母さんの気持ちがわかるよ。自分の言葉一つで会社の株価が変動すると思うと、下手《へた》なことはできない」

「そういうことだ」

定治が深くうなずく。

「雛子さん、あの二人は感情表現が上手《うま》くないが、ちゃんと息子たちのことを愛しているし、我々を許してくれた雛子さんにも感謝してるんだ。これで朝哉と結婚してくれたら万々歳《ばんばんざい》なんだが……」

式は来年の春にでもどうだろうか……と続けた。

「だけど、こんなに早く話を進めてしまっていいんでしょうか。私たち、再会してからまだ日も浅いのに……」

「通常ならばそうなのだろうが、見合い代わりの出会いから六年八ヶ月、来年ならばもう七年を過ぎる。男女の進展具合で言えば遅いくらいだろう」

戸惑《とまど》う雛子に朝哉が畳みかける。

「そうだよ、全然早くない。俺は明日にでも結婚したいくらいだ」

「そんな無茶な」

「無茶って……俺は今もこれからもヒナ以外考えられないんだけど、ヒナは違うの？」

「そんなの、朝哉だけに決まってる」

「だったら先延ばしするだけ時間の無駄だろ？　ウダウダしてるのは時間が勿体《もったい》ない」

そして定治に向き直った。

「祖父《じい》さん、俺、すぐにでもヒナと一緒に住みたいんだ」

その言葉に、定治がうんうんと首を縦に振る。

「だったらすぐにでも婚約したほうがいい。朝哉、おまえ、もう指輪を渡したと言っていたな。なら、今日結納を済ませてしまえ」

「やった！　祖父《じい》さん、ありがとう！」

――ええっ⁉

雛子が呆気《あっけ》にとられている間に定治がサキを呼び、結納の道具を揃《そろ》えるよう言いつける。

「ヒナ、今日から俺の部屋に引っ越してこいよ。ヒナが今使ってる部屋は売るか貸すかしてヒナのお小遣いにしてもいいし、そのまま残して衣装部屋にしてもいい」

そんな朝哉の台詞《せりふ》を聞いて、定治が目を輝かせる。

「それなら知り合いの不動産業者に任せよう。このまま所持して、雛子さんが一人でのんびりしたい時のセカンドハウスにしてもいいが」

「それは却下。そんな場所は不要だ。そんなとこに入り浸《びた》られたら俺が寂し死ぬ」

――さっ、寂し死ぬって……！

「ハハハッ、そうか。お前は本当に雛子さんにゾッコンだな」

「ああ、ゾッコン。そんなの祖父《じい》さんだってよくわかってるだろ」

――ゾッコンって！

「そうだな。初めて会った時から彼女を気に入ってたんだからな」

「そう、一目で気に入った」

「彼女のために土下座したくらいだしな」

「うん、したした」

――なに、この会話。いたたまれない！

「二人とも、もういい加減にしてください！　恥ずかしすぎます！」

頬を火照《ほて》らせる雛子を見て、朝哉と定治がまた可愛い可愛いとニコニコする。

そこへサキが戻ってきた。

「大旦那様、結納の準備が整いました」

――ええっ、本当に!?

そうしてあれよあれよという間に黒瀬家の座敷に連れていかれ、「よろしくお願いします」と挨《あい》拶《さつ》を交わして婚約が調《ととの》ったのだった。

5　恐怖の婚約披露パーティー

「――どうもありがとうございました。これでインタビューは終了です」

専務室のセンターテーブルで、広報の女性社員がボイスレコーダーを止めた。

「今回は記事の書き直しをさせて悪かったね」

「いえいえ、とんでもない！　こちらこそ、こんなビッグニュースをいただけて光栄です。今度の社内報は争奪戦になること間違いなしですよ！」

彼女は横でカメラを構えている新人の男性社員に「専務のアップを撮ってね」と命じつつ、茶を一口啜《すす》る。

専務就任初日に広報の取材を受けた朝哉だったが、その時『恋人』がいると答えていたのを『婚約者』に変更できないかと今日問い合わせたのだ。そこで、再度インタビューを！　とお願いされ、今に至る。

「それにしても、パーティーで見初《みそ》めて七年越しの大恋愛って、まるでシンデレラストーリーですね」

「いや、引く手あまただった彼女をひたすら追いかけて、ようやく手に入れたという感じで……」

「うわぁ〜、専務、ベタ惚《ぼ》れじゃないですか！」

「ハハッ……うん、ベタ惚《ぼ》れだね。彼女はクインパス社員でもあるから、会社の利にならないことは善《よ》しとしないんだ。しっかり仕事をしないと彼女に叱《しか》られてしまうので、浮かれることなく、今まで以上に仕事に邁進《まいしん》する所存です。でも、彼女は目立つのが好きではありませんし芸能人でもないので、社員の皆さんには温かく見守っていただければと思います」

「素敵〜！　専務、愛ですね！　ちょっと、今の専務の笑顔をちゃんと撮ったでしょうね!?」

彼女は男性社員に確認する。

「おめでたいことですが、この社内報が出た途端に専務ロスで号泣する女子が続出でしょうね」

「そんな大袈裟《おおげさ》な」

「いや、専務はわかってないんですよ！　今や専務は我が社だけの王子様じゃないんですからね！」

就任間もない朝哉だが、彼が顔を出したクインパスの新作発表会の様子が先日テレビのニュースで流れ、社内のみならず日本国内でアイドル的な人気を博しているのだ。会社に電話やファンレターが殺到しているのだという。

「近くのコンビニの店員さんも専務のファンなんですよ。買い物に行くたびにみんなで専務の話題で盛り上がるんです」

あそこはデザートが豊富だからクインパスの女性社員御用達《ごようたし》なのだと言われ、もう絶対にあの店に行けないいな……と朝哉は思った。

「ハハッ、ありがとう。店員さんには今後ともクインパスをよろしくとお伝えください」

営業スマイルで右手を差し出すと、広報の社員たちは「婚約披露パーティー当日の取材も頑張ります！」と手を握り返し、専務室から退室した。

「ふ〜っ、やっと終わった」

朝哉がソファーに背中を預け一息ついたところで、給湯室のドアがギ〜ッと開く。

「見〜た〜ぞ〜。ヒナコ以外の女に色目を使ったナ〜！」

ヨーコが据《す》わった目を向けて入ってきた。後ろから竹千代も顔を出す。

「色目とか言うのやめろよ！　俺だって少しでも好意的に書いてほしいと思って必死だったんだからな！」

「フフッ、冗談デス。わかってますヨ、センムはヒナコ一筋ですからネ！　そのヒナコはここにいないですけどネ。ううっ、ヒナコがいない〜」

空になった湯呑みをトレイに載せて片付けつつ、ヨーコがシクシクと泣き真似をする。

――くそっ、そんなの俺だって……

そう。結納を終え、晴れて正式な婚約者となった雛子はこの本社ビルにいない。

なぜかというと、定治に奪われたのだ。

正式には『定治の秘書になったから』……だが。

『朝哉、雛子さんは私の秘書に貰い受けるぞ』

あの日、結納を終えてすぐに定治が発した言葉は、朝哉を天国から地獄に突き落とした。

――はぁ!?

『――祖父《じい》さん、何言ってるんだよ。ヒナは俺の秘書に決まってるだろ』

そう叫んだ朝哉に、すかさず時宗が口を挟む。

『朝哉、会長の言う通りだ。雛子さんは会長にお願いしたほうがいい』

『父さんまで！』

訳がわからず抵抗する朝哉に、時宗がこう説いた。

朝哉が専務に就任したことを社員全員が喜んで受け入れているわけではない。

役員の皆が快《よ》く受け入れているように見えるのは、社長と会長という後ろ盾があるからにすぎないのだ。

今はまだ専務に就任して日が浅い朝哉に、大きな失態はない。

しかしこれから仕事をしていくうえで、必ずなんらかのミスが起こり得るだろう。

その時にその原因を、『私情を挟んで無能な婚約者を秘書につけていたせい』にして攻撃してくる可能性がないとはいえないのだ……と。

『そんな、俺の失敗をヒナのせいにするなんて……』

『十分考えられることだ。普通の秘書であればそこまで責められなくとも、それが身内であるだけで攻撃のネタになる』

経験者としての時宗の言葉は理解できる。

だけど朝哉だって簡単には譲れない。雛子と一緒に働ける日を夢見て、長年あしながおじさんを演じてきたのだ。

『父さん……俺は自分の失敗は自分で尻拭《しりぬぐ》いする覚悟があるし、それをヒナのせいにされるなら、社員全員の前で堂々と反論してみせるよ』

たとえ失敗したとしてもそれ以上の成果を挙げてみせるし、どんな雑音だって実力で捻《ね》じ伏《ふ》せる。

六年間の苦労は、そのための準備期間でもあったのだから。

『俺は周りの反応を恐れて妥協なんてしたくない。それで自分に必要なものを失うくらいなら、逆境に立ち向かって勝利を勝ち取るほうを選ぶよ』

そうハッキリ言いきった彼に異議をとなえたのは、ほかでもない雛子だった。

『朝哉、私は会長の下でお世話になりたいと思う』

『ヒナっ！』

驚く朝哉に彼女は告げる。

『朝哉、私は朝哉が今の地位に就くまでの努力を無駄にしたくないし、足枷《あしかせ》にもなりたくないの』

そうなる可能性があるのなら、どんな小さな火種でも排除しておくべきだと付け加えられた。

その言葉で、少し冷静さを取り戻す。

三万人もの社員を抱える会社のトップになろうという人間が、リスクを事前に回避できなくてどうする。

それに、自分のせいで苦境に立たされる朝哉を見れば、雛子は自分自身を許せないだろう。

朝哉には新人秘書の移動くらいでジタバタせずに、さらに上を目指してほしい……とまで言いきられてしまえば、朝哉にはもう止めることができない。

『わかったよ……だけど祖父《じい》さん、ヒナを会食に連れまわすなよ。お酌とかは絶対にさせないで』

それだけを定治にしつこく念押しして帰ってきたのだ。


「――それにしてもさ、俺のヒナはさすがだよな。あの一件で俺の家族が雛子を褒めちぎっててさ、いい嫁をもらった、でかした！　ってうるさいのなんのって……。俺が一目《ひとめ》惚《ぼ》れした女性だぜ、そんなの当然だろ」

頭の後ろで指を組みながら、朝哉はニヤニヤが止まらない。

「それにヒナは俺の秘書になるのをあきらめたわけじゃないって言ってくれたんだ。赤城の下で学んで、誰もが認める優秀な秘書になって戻ってくるって……けなげだろ？　可愛いだろ？」

愛しい彼女の笑顔を思い浮かべてフニャッと表情をゆるませていると、ヨーコが「ヒナコが可愛いのはワタシのほうがよく知ってますから！　それにヒナコは皆のものデス！」と謎の対抗意識を燃やしつつ、三人分のコーヒーを運んでくる。

「ですが、さっきの広報の話を聞くと、やはり雛子さんの選択は正しかったですね」

そんな竹千代の言葉に朝哉とヨーコはうなずいた。

朝哉だって二十七年間だてにモテ人生を歩んできたわけではない。

自分を巡っていがみ合う女性の醜《みにく》い姿を散々見てきているし、その凄《すさ》まじさも知っている。

世間の朝哉人気は、想像以上に盛り上がっているらしい。雛子は渦中から遠ざかったことで、嫉《しっ》妬《と》の目から身を守ることにもなったのだ。

――女の敵は女……か。

そう考えながらコーヒーを口にしたところで、ピコンとメッセージの着信音がした。

「おっ、ヒナからだ」

朝哉は顔をパアッと輝かせてメッセージを読む。

そして、すぐに顔を歪《ゆが》めた。

「くそっ、前言撤回！　ヒナを祖父《じい》さんのとこに行かせたのは失敗だ！」

スマホを床に叩き付けたいのをどうにか思いとどまってテーブルに置き、頭を抱える。

「どれどれ、ヒナコはなんと？」

スマホの画面を見たヨーコが、「オゥ……トモヤ、ご愁傷さまデス」と肩をすくめた。

『朝哉、ごめんなさい。会長の会食にお付き合いすることになったので、今日の夕食は一人で済ませてください』

「くそっ、あの狸《たぬき》じじい、俺のヒナを勝手に連れ回しやがって！」

朝哉は速攻でスマホを手にとり電話をかける。

「こらジジイ！　時間外にヒナを連れまわすんじゃねぇ！　絶対にヒナに酒を飲ませるな、エロ親父にお酌させるな、お触りさせるな、視姦させるな!!　一つでも破ったらヒナは即刻返してもらうからな！」

するると、しばしの沈黙の後。

『――専務、少々言葉遣いが乱暴ではないでしょうか』

スピーカーから聞こえてきたのは、朝哉が大好きな、だけど、いつもより一オクターブほどトーンの下がった冷ややかな声。

「ヒ……ヒナっ⁉　どうして……」

『会長は離れで経済誌の寄稿文の打ち合わせ中です。私が別室で電話番を仰《おお》せつかり、専務から電話がかかってきたら応答するようにと言われておりました。……ですが、たいした用事ではなかったようですね。それでは失礼いたします……視姦とか下品、最低！』

最後に秘書としてではなく、個人的な罵《のの》りの言葉を残して電話は切れた。

――俺、終了……

「タケ、俺の人生が終わった……切腹するわ」

「専務、どうしたんですか。大丈夫ですか？」

「トモヤ、ヒナコがどうしたんデスカ？　そして『シカン』とは『試験』の仲間デスカ？　切腹するなら介錯《かいしゃく》いたす！」

「おまえ、漫画読んでるならそれくらい知っとけ！　そして介錯《かいしゃく》はいらん！」

――くっそ～、あのジジイ、俺が苦情を言うことを見越して雛子を待機させてたな。

朝哉は両手で顔を覆《おお》うと、ソファーの背もたれに後頭部を預けて天を仰《あお》ぐ。

「トモヤ、心配いりませんヨ！　ヒナコはかなりチョロいので、泣き真似すれば許してくれマス。それにヒナコにとってエライおじさま方に顔繋ぎしておくことは大事なことです。『会長のお気に入り』の威力は絶大ですから」

悔しいけれど、ヨーコの言う通りだ。

顔だけのお飾り専務では雛子の後ろ盾としては弱い。定治の傍《そば》にいるほうが得るものが大きいし、彼もそのつもりで雛子を連れていくのだろう。

仕方がない。わかっている。

わかっているが……

「あ～、ヒナを囲いてぇ！　籠《かご》に入れて閉じ込めたい！」

「もう専務と同棲してるんだから同じようなもんでしょう」

「だけど、祖父《じい》さんの秘書になってからヒナは松濤の家にいることや外食が増えてさ、一緒にいられる時間が短すぎるんだよ！」

圧倒的な雛子不足だと嘆く朝哉に、ヨーコが自慢げに胸を張る。

「フフン、ワタシは土曜日にヒナコとデートしますけどネ」

衝撃の新情報に、朝哉はパチクリと瞬《まばた》きした。

「はぁ？　……ちょっと待って、俺はそんなの聞いてないけど」

「当然です、お昼に決まったばかりですからネ。二人で化粧品を買いに行くのですヨ。ヒナコからお化粧を教えてほしいってお願いされたのデス」

「ヒナは美人だし化粧なんて必要ないだろ。それより俺もデートしたい。一緒に行くわ」

「ギャー、おじゃま虫～、いらないデス！」

行く、来るなと二人が揉《も》め始《はじ》めたその時、竹千代がポケットからマナーモードにしてあったスマホを取り出し画面を見た。

「専務、いつもの興信所からです……ちょっと失礼」

そう言って通話を始める。彼は途中でスマホのマイクを手で覆《おお》い、「少し気になることがあるので詳しく話を聞いてきたいのですが、よろしいでしょうか」と朝哉に許可を求めた。

朝哉が黙ってうなずくと、竹千代は先方と約束を取りつけ時計を見る。

「今すぐ行ってきます」

「何か動きがあったのか」

「詳しくは話を聞いてから……」

伊達《だて》メガネをかけスーツの上着を羽織る竹千代に、「タケ……くれぐれもよろしく頼むぞ」と真剣な眼差《まなざ》しを向けると、彼はうなずいて出ていった。

＊

朝哉が白石大介とその家族の動向を追うよう竹千代に頼んだのは、昨年、自身のニューヨーク赴《ふ》任《にん》が決まってすぐのことだった。

ニューヨークに行けば雛子の近くにいられる、上手《うま》くいけば一緒に帰国だと喜ぶと同時に、大介一家のことを懸念《けねん》したのだ。

大介の長男大地は、六年前、事《こと》もあろうに雛子の寮に侵入するという事件を起こしている。

借金取りに追われ家族で夜逃げすることになり、雛子を好きだった大地が彼女も連れていこうと考えての凶行だったという。

幸い大地は、雛子の部屋に入った直後に寮の警備員に捕まった。

ただその後、事件を公《おおやけ》にしたくない学校側と大介一家によって、大地の処分は雛子への接近禁止命令だけで済まされてしまう。

元々朝哉は大介一家に不信感を持っていたが、その直後から彼らを完全なる敵とみなした。雛子の親戚だろうが関係ない。彼女に害を加える第一級危険人物に認定したからには、彼らを雛子に近づけさせはしない。

事件当時、ニューヨークの大学に留学中だった朝哉はすぐに帰国しようとしたが、それを見越した赤城から、『今ここで約束を破ったらすべてが水の泡ですよ』と釘をさされた。

代わりに、黒瀬定治の名の下に、雛子の周辺警護を頼む。そして、赤城を通じて校長に指示を出した。もちろん雛子には秘密で行う。

その後、大介一家は闇金の追跡から逃れるために他県に出たと報告を受けた。

だがまだ油断ならない。雛子が寮にいる間は行動範囲が限られているぶん守りやすいが、卒業して一人暮らしを始めたらいくらでも接触のしようがある。

――だったら、アイツらの目の届かない場所に雛子を移せばいい。

あしながおじさまとして強引に海外留学をすすめたのはそう考えたからだ。雛子は当初、『これ以上はお世話になれない』と難色を示した。

そこを、『雛子、君はお父上の秘書として働きたかったと言っていたね。私がその代わりになれないだろうか。私は今、優秀な秘書を必要としているんだ。ただ、私の秘書になるためには留学経験が必要だ。アメリカに留学して学んだことを、私のために活かしてくれたら嬉しい』と、説得する。

こうして雛子の夢は、朝哉の希望になった。

一方、将来的に朝哉の下で働くことが決まっていた竹千代は、当時、社長の時宗の預かりとなっていた。

朝哉はニューヨーク赴任の前日、彼を呼び出してこう告げた。

『タケ、これは会社とは関係ない黒瀬朝哉としてのお願いだ。頼まれてくれるか？』

竹千代は絶対にクインパスの名前が表に出ないよう細心の注意を払って興信所に依頼し、白石一家が群馬《ぐんま》の温泉宿で働いていると突き止める。それ以降は興信所から月に一度の定期報告を受け取っていたのだ。

その興信所が、わざわざ向こうから電話をかけてきたとなると……

――きっといい報《しら》せではない。

そう思った途端、朝哉の背中がゾクリと冷えた。

これまであの家族に目立った動きはなかったのに。

雛子の叔父である大介は鬱《うつ》になって家を出て、熱海《あたみ》の温泉で働いている。今はそこで知り合った同僚のバツイチの仲居と暮らしていると聞いていた。

妻の恭子は大介がいなくなってからも、そのまま草津《くさつ》にいる。彼女は放っておいても大丈夫だ。

問題は――

雛子の寮に不法侵入した大地と、雛子の代わりに自分を婚約者にしろと言ってきていた妹の麗良。

――何かしでかすとしたら、きっとアイツらのどちらか。

あの二人は毒だ。

身体の奥に、腐った真っ黒い悪意を溜め込んでいて、雛子に向かってその毒を吐き出してくる。

アイツらを絶対に雛子に近寄らせてはならない。

どす黒い毒の塊《かたまり》を正面からぶつけられれば、純粋で真っ白な彼女は簡単に穢《けが》されてしまうだろう。

数時間後。

トントンとノックが聞こえ、竹千代が専務室に入ってきた。

「ただいま戻りました」

「どうだった？」

朝哉はデスクに手をつき立ち上がる。

「マズいことになりました……」

竹千代が顔をしかめたのを見て、朝哉は自分の悪い予感が当たってしまったことを悟った。

「白石麗良がいなくなりました。不覚でした。月に一度は向こうの様子を見に行かせていたのですが……」

「報告書は？」

「はっ、こちらに」

竹千代が差し出した大きめの茶封筒を引ったくるように受け取ると、そのままツカツカと部屋の中央に向かい、応接セットのテーブルに広げる。

竹千代とヨーコも一緒にテーブルを取り囲んだ。

数枚ある写真は恭子の出勤時と帰宅時の風景。これはいつもと変わりない。

「確かに麗良の写真がないな」

「はい、いつもの者が草津に向かったところ、恭子以外に家人の出入りがないことに気づき、以前のバイト先である土産屋《みやげや》の店主をかたって電話をかけたそうです」

『店の人手が足りないので、また麗良さんに働きに来てもらえないか』

興信所の所員がそう言うと、恭子は『麗良は今は家にいない』と答えたそうだ。

『もうどちらかで働いているのですか？　いつ戻ってらっしゃいますか？』の問いには、しばし黙り込み、『そんなの知りませんよ！』と不機嫌そうに声を荒らげて電話を切ったらしい。

その後、恭子の同僚や近所の聞き込みなどの結果、所員は麗良が失踪中であると結論づけた。

「麗良が家を出たのは、約二週間前だと考えられます」

バイトを辞めてからは家にいることが多かったため、気づくのが遅れたという。

「行き先のあてはあるのか」

「いえ……父親のもとにも行っていないようですし、失踪の理由も行き先も全く……」

「駅の防犯カメラの映像は？　どうにかして見ることはできないのか」

「それも考えましたが、失踪の日にちがハッキリしていないうえに事件性がないので無理です」

成人女性が自分の意思で家を出て、家族から失踪届けは出ていない。赤の他人が映像公開を求めても認められるわけがなかった。

「麗良に恋人ができたという可能性はないのデスカ？」

「そうであってくれればいいが……」

自分たちの知らない場所で、彼女が朝哉と雛子のことなど忘れ、勝手に楽しく暮らしてくれていれば、それが一番いい。

そう願いながら、朝哉は他の資料にも目を通す。

――んっ？

「これは……宅配業者か」

張り込みの期間中に恭子の住む寮を訪れた人物のリストに、気になることが見つかった。

「やはり専務も気づかれましたか」

今回の張り込みは一週間。いつもは二日ほどで調査を済ませているのだが、今回は麗良の姿が見えなかったため長くかかっている。

その一週間の間に、三回も宅配業者が荷物を届けに来ているのだ。

「どこから送られてきたんだ」

「三回のうち二回は大手通販の箱でした。大地の御用達《ごようたし》です」

「あの引きこもりか。またシューティングゲームでも買ってるのか」

「ならいいのですが……」

資料に添えられていた写真を見ると、ゲームにしては箱が大きすぎる。

「残りの一回は大地宛ての洋服の通販です。いつもは母親任せなので、通販とはいえ自分で服を購入するのは珍しいことです」

「……オシャレする必要があるということか」

「そうだと思われます」

——引きこもりがどういう理由か、急に外に出る気になった？

なんだか嫌な予感がする。

「もう少し詳しく知りたいな」

「はい、もう一度現地に行って、今度は彼らの動向がはっきりするまで無期限で監視するよう依頼しておきました」

「さすが気がまわるな。報酬はケチるなよ。できるなら大地に届いた荷物の中身を知りたいが……」

あの地域の担当ドライバーを買収できないか、ドライバーの素行調査を依頼済みだという。

上手《うま》くいけば、次からは大地の手に渡る前に箱の中身を確認できる。さすが竹千代、仕事が早い。

「麗良のほうを追いかける術《すべ》がない以上、大地から攻めるしかない。タケ、よろしく頼んだぞ」

「はい」

——それから……

「ヨーコ、ヒナと二人で出掛けると言っていたな。買い物もいいけど、そのついでに……」

念には念を……だ。

朝哉はヨーコにいくつかの指示を与えたのだった。

＊

日曜日の午後。

昨日、ヨーコと買い物に行った雛子は、今度は朝哉とデート中だった。銀座《ぎんざ》にあるドレス専門店のＶＩＰルームで、婚約披露パーティー用のドレスを試着している。

試着室のカーテンをシャッと開いて朝哉に見せたのは、ライトブルーのオフショルダーのロングドレス。何度も試着を繰り返した最後に、彼が「これをもう一度着てみて」と言った一着だ。

スカート部分にふんわりとしたチュールが使用されており、胸元からウエストにかけて鏤《ちりば》められた小花と小粒パールの細やかな刺繍《ししゅう》が、華やかでありながら上品さを醸《かも》し出《だ》している。

そこから続くトレーンのあるＡラインが、とても綺麗だ。

「うん、やっぱりこれかな……ヒナはどう思う？」

朝哉が呆けたように雛子を見る。

「私もこれが一番気に入ったかな」

「それじゃ決まりだな」

彼が店長に目配せをし、雛子は係の者に付き添われ、再びカーテンの向こう側に向かった。

ドレスを注文し、着替えて店を出ると、朝哉の車でドライブを楽しむ。

「さっき試着中に、店員さんに『ラブラブですね』って言われて恥ずかしかったのよ」

海辺のレストランまで車を走らせている最中、雛子は拗《す》ねた顔で朝哉を見た。

「婚約披露パーティーのドレスを選びに来てるんだから、ラブラブに決まってるじゃないか。本当のことだし、恥ずかしがる必要ないだろ」

「そうじゃなくて……」

キスマークを見られたのだ。

雛子は火照《ほて》る頬に両手を当てる。

「ああ、そのことか」

うなじと背中についているのだろう赤紫の痕《あと》は、朝哉が昨夜つけたものだった。

雛子が定治の秘書となってからというもの、何かと朝哉は拗《す》ねている。

多忙な定治のお供として平日も週末も関係なく出かけているものだから、彼とゆっくり過ごす時間が作れないのだ。昨日はヨーコと出かけていたのだが、帰ろうと思っていたところに定治から連絡が入り、そのまま松濤の離れで執筆のお手伝いをすることになった。

朝哉に連絡を入れると飛んできて、早速定治に苦情をぶつける。

『おいジジイ！　週末までヒナを呼び出してんじゃねえぞ！』

『おお、朝哉も来たか。ちょうどいい、そこにある私の新刊を一冊やろう』

『はあ？　盆栽の本なんて興味ないんだよ！』

そしてそのまま夕飯もいただいて帰ってきたのだが……

一日中動き回って疲れが溜まっていた雛子は、朝哉がシャワーを浴びている間に先に寝てしまい、昨夜は色っぽい行為がないまま朝を迎えていた。

申し訳ないと思いながら今日のドレス選びをしていると、店員さんの『ラブラブですね』発言とうなじのキスマーク。

これは意趣返しだとすぐに気づく。朝哉は今日がドレス選びの日だと知っていたのに、寝ている雛子の肌にあえてくっきりとした痕をつけたのだ。

「ハハッ、いいじゃん、見せつけてやれば」

「もうっ、いじわる！」

「だってせっかくの休日にヒナは家にいないし、帰ってきたら寝ちゃうしで、寂しかったんだから仕方ない」

冗談めかして言っているけれど、これは朝哉の本心なのだろう。

定治と赤城からは学ぶことが多いため、雛子はいつでも呼び出してくださいと伝えてある。

しかし、早く一人前の秘書になりたくて必死になるあまり、大切な婚約者を蔑ろにするようでは本末転倒だ。

「……ごめんなさい。私、自分のことしか考えてなかったわね」

「いや、俺のほうこそ、子供っぽいことを言った。ヒナは俺と働くために頑張ってくれているのにな。だけどお願いだから無理はしないでほしい」

朝哉がハンドルから片手を離し、雛子の手を握りしめた。雛子もギュッと握り返す。

「私、無理なんてしていないわ。定治さんも赤城さんも立派な上司で素敵な紳士よ。一緒にいるととても勉強になるし楽しいの」

「素敵な紳士って……くそっ、妖怪ジジイめ」

「ふふっ、朝哉はなんだかんだ言いながら、定治さんのことが大好きよね」

「はぁ？」

彼は顔を顰《しか》めているけれど、本当は祖父を慕っていることを、雛子は知っている。

朝哉の部屋の本棚には、定治が出した本や彼のインタビュー記事の載った雑誌が全部揃っていた。

昨日の盆栽の本だって、既《すで》に自分で購入して持っているのだ。

朝哉にとって定治は、祖父で会長で人生の先輩。彼が尊敬する定治の下で働ける自分は、なんて幸運なんだろう。

雛子は絡めた指を自分の口元に運び、彼の指先に何度も口づける。

「朝哉、愛してる」

「ヒナ……」

――この人を大切にしたい。

朝哉が雛子のためにずっと努力してきたと知ってから、自分もその想いに報《むく》いたいと思ってきた。

早く彼に追いつきたい。彼に相応《ふさわ》しい人間になりたい。

自分が見たもの聞いたこと、出会う人々。すべてを知識に変えて、朝哉とクインパスを支えたい。

あの見事な屋上庭園を、さらに美しい花で満開にするために、そしてあの屋上からの景色を二人並んで見続けるためにも……もっともっと頑張ろうと思えるのだ。

そんなことを考えていると、不意にブォンとエンジンをふかす音がして、車が急に加速した。

――えっ⁉

「ヒナ……ホテルに行こうか」と朝哉が色っぽい視線を寄越す。

「えっ、レストランは？」

正直言うと、空腹だ。今日はドレスの試着があったため、朝はスムージーを飲んだだけだった。

「それじゃ、食事したらホテルな」

「ホテルは絶対なんだ」

「うん、帰るまで待てない。昨夜はおあずけだった上に、こんなふうに指にキスして煽《あお》られてさ」

そんなつもりはなかったけれど、おあずけの状態でのキスは確かに煽《あお》ることになったのかも。

「……いいわ、今からホテル、行く？」

「えっ、今からでいいの？」

驚く朝哉にうなずくと、彼は満面の笑みを浮かべ、両手でしっかりとハンドルを握る。

キキッ！　とタイヤを鳴らしてUターンすると、「ホテルでルームサービスを頼もう。それからすぐにヒナを抱く」と雛子の手を取った。

今度は朝哉のほうから指先にチュッチュとキスをされ、身体の芯がじわりと疼《うず》く。

「今日は寝ないでね」

ニヤリと口角を上げながら言われ、雛子は申し訳なさに肩をすくめた。

車を元来た方向に走らせ、朝哉は目についたシティホテルの駐車場に乗り入れる。

「ヒナ……」

部屋に入ってすぐに抱きしめられ、顔中にキスの嵐が降り注いだ。

舌で口内を蹂躙《じゅうりん》しながら、朝哉の右手が背中を撫《な》でる。その手は身体のラインを辿って下りていき、雛子のワンピースの裾をたくし上げた。

「もう濡れてるね」

ショーツの上から割れ目をなぞられ、子宮が疼《うず》く。思わず、「あんっ……」と鼻にかかった声が出た。

「ヒナ、ルームサービス……頼む？」

この状態でそんなことを聞くのはズルい。

雛子が首を横に振ると、朝哉は嬉しそうに目を細めて首筋に吸いついた。

「あっ、シャワー」

「浴びなくていい。そんな余裕ない。早くヒナに挿《い》れたい」

彼はそのまま指の腹で、雛子の蕾《つぼみ》をグリグリと捏《こ》ね回《まわ》す。

「んっ……あっ」

ガクリと崩れ落ちそうになるその身体を支えながら、朝哉が耳元で「ヒナのココ、勃《た》ってきた。

直接触ってほしい？」と甘く囁《ささや》いた。

布越しの愛撫《あいぶ》は焦《じ》れったい。

「朝哉、触ってぇ」

雛子が鼻にかかった声でねだると、クルリと後ろを向かされる。

「ヒナ、壁に手をついて」

既《すで》に官能の火がついた雛子が抗《あらが》うはずもなく、言われるままに壁に両手をつき腰を突き出す。

カチャカチャとベルトを外す音がするのは、朝哉がスラックスを脱いでいるのだろう。続いて、避妊具を装着している気配がした。

雛子のショーツに手がかかり、一気に引き下ろされる。

素肌を曝《さら》した雛子のお尻に、朝哉が剛直を押し付けてきた。同時に右手を前に回して蕾《つぼみ》を弄《いじ》り出《だ》す。

「ヒナ、挿《い》れていい？　こうしてるだけでもイっちゃいそうだ」

振り返って見るまでもなく、朝哉のモノが硬く反り返っているのがわかる。

「挿《い》れてっ、朝哉、きて」

「挿入《はい》るよ」

既《すで》に十分濡れそぼっていたソコは、朝哉を簡単に受け入れた。一気に最奥まで突き上げられ、背中が仰《の》け反《ぞ》る。

「ああっ！」

「ヒナのナカ、気持ちい……っ。ごめん、止まらない」

いきなり激しく腰を打ちつけられ、パンッ！　と乾いた音が室内に響き渡った。

「やっ、あっ、凄《すご》いっ！」

フルスピードの抽送《ちゅうそう》は、雛子の内壁を容赦なく擦《こす》る。あっという間に絶頂を迎え、二人同時に腰を震わせた。

壁にもたれて座り込んだ雛子を、朝哉が優しく抱きしめる。

「ヒナ、気持ちよかった。ありがとう。……もう一回、いい？」

「ふふっ、絶倫だ。でも、ちょっとだけ待って」

「ハハッ、ちょっとな」

朝哉はぐったりとした雛子を抱えベッドに横たえると、自身は膝立ちで避妊具を装着する。そして宣言通りすぐに雛子のナカに挿入《はい》ってきた。

今度はゆるりと腰を動かし、ジワリと沁みるような快感を堪能《たんのう》しているようだ。

蕩《とろ》けるような瞳で雛子を見下ろし、時おりキスを落としてくる。

「実を言うとさ、雛子のドレス姿を見てからずっとムラムラしてた。ドレスが届いたら、あれを着たままセックスしような」

「ばっ、馬鹿ね、するわけないでしょ。ドレスが汚れちゃう……あんっ、あっ」

「それじゃ、婚約披露パーティーが終わったら、着たままさせて」

冗談だと思っていたけれど、どうも朝哉は本気なようだ。そういえばあのドレス、雛子は一度きりしか着ないからレンタルでいいと言ったのに、朝哉は買い取ると言い張った。

「ああっ！　だから買うって言い出したの？」

「まあ、そうだな。汚し放題だ」

——汚し放題って！

「……馬鹿っ」

「ハハッ、馬鹿だな。馬鹿でエロエロだ」

「ふふっ、私の婚約者は、馬鹿でエロエロで……あっ、イイっ！」

「快《い》い？　ドレスを着たまま後ろから挿《い》れたらさ、もっと気持ち快《よ》くなれるよ」

ナカを掻《か》き混《ま》ぜながら懇願《こんがん》されて、とうとう雛子はうなずいた。

「ふふっ、楽しみね、婚約披露パーティー」

すると何故《なぜ》か朝哉の動きがぴたりと止まる。

「朝哉？」

「んっ？　ああ、楽しみだな……ヒナ、俺が絶対に守るから」

「えっ？」

「俺が絶対に守る」

そう言った彼の目が怖いほど真剣で……雛子は一瞬息を止めた。

しかしそれがなんだったのかを考える間もなく、戸惑《とまど》いは激しい口づけで掻《か》き消《け》されたのだった。

＊

それから一ヶ月後の朝。

婚約披露パーティーを控えた朝哉は、自宅のリビングにいた。すると、目の前のローテブルに置いてあったスマホが鳴り出す。

『――専務、白石大地が動きました』

「なんだって！」

思わず大声を上げると、隣にいた雛子が心配そうな顔になる。

「大丈夫、仕事の電話」

彼女にそれだけ告げ、朝哉はリビングのソファーから立ち上がって自室に移動した。

「おい、どういうことだ」

電話の向こうからは、竹千代の緊迫した声がする。

『大地がついさっき、十時発の高速バスに乗ったそうです。興信所の所員もすぐに乗り込んでいるので、見失うことはありません。ただ……』

高速バスの行き先が新宿だと聞いて、朝哉は全身が総毛立った。

――よりによって今日、しかも新宿だって⁉

先月、大地が何かをしようとしていることがわかったものの、その後動きはなく膠着《こうちゃく》状態が続いていた。

朝哉には仕事があるし、パーティーの準備も重なっていて、そちらにばかり気を取られるわけにもいかない。ひとまず大地に関しては所員に監視を任せ、目前の婚約披露パーティーに集中していた。

「バスの到着は何時だ？」

『十四時五分に新宿駅新南口着です』

「そうか、わかった」

朝哉は竹千代との通話を終えると、すぐにスマホをタップして電話をかける。

「ヨーコ、大地が新宿に来る」

『ハァ!?　新宿に？　今日デスカ！』

「そう、今日だ。午後二時過ぎに高速バスが新宿駅新南口に到着する……この意味がわかるか？」

『それは……ヒナコに会いに来るのデスカ』

「そう、もしくはパーティーの妨害をしに来ると考えられる」

まだそうと決まったわけじゃない。

だけど、この日、このタイミングで、ヤツが新宿に来る。こんなのはもう、狙っていると考えるしかないだろう。

なぜなら、今日は十月の大安吉日。

――ヒナと俺の婚約披露パーティー当日なのだから。

二人の晴れの舞台に、とんでもない嵐が近づいている。

「ヨーコ、ヒナの迎えは何時だ？」

『パーティーの二時間前には控え室に入りたいので、午後三時半にマンションに伺う予定デス』

女性は準備に時間がかかるので、雛子だけ一足先に会場入りする予定だった。だが……

「俺も一緒に出る。それでも着替え中は俺も部屋に入れない。ヒナをくれぐれも頼むぞ」

『ハイ、了解デス』

「麗良も来るかもしれないな」

『ワタシもそう思いマス』

草津で引きこもっている大地が朝哉たちの動向を把握しているなんて、どう考えてもおかしい。情報提供者がいるはずだ。

人付き合いをしていない大地に連絡を入れる者がいるとすれば、それは身内以外にいないだろう。

白石麗良……二ヶ月近く前に家族と住むアパートを飛び出して、行方をくらました女。

——まさか彼女も新宿にいるのか!?

なぜ、このタイミングで大地を呼び寄せた？

そして彼女は……どうやって婚約のことを知ったんだ。

——まさか社内にスパイが？

朝哉はスマホを片手に、リビングにいる大切な彼女のほうを振り返る。

全身の毛穴がブワッと開くような激しい悪寒《おかん》を感じて、身体をブルッと震わせた。

＊

「オゥ、ヒナコ、ベリービューティフルですヨ」

ライトブルーのロングドレスを着た雛子は、鏡に映る自分の姿を見て微笑《ほほえ》んだ。

「やっぱりヨーコさんが言う通り髪をアップにしてよかったわ。少しは大人っぽく見えるもの」

「ヒナコは十分オトナの女性ですヨ。何もしなくてもステキですが、今日は魅力がマシマシなのデス」

「ふふっ、ありがとう」

新宿にある高級ホテルの控えの間。

本日午後六時から行われる婚約披露パーティーの支度のため、雛子はヨーコと一緒に二時間前に会場入りしていた。化粧とヘアスタイリングが予定よりスムーズにできたので、まだ三十分は余裕がある。

その時、ノックの音がして、ヨーコがビクッと肩を跳ねさせた。

「どなたデスカ？」

彼女はわざわざドアまで歩いていき、ドアノブを掴みながら確認する。外から「俺だ、朝哉だ」と声がして、そこでようやくヨーコが鍵を開け、朝哉を迎え入れた。

彼はシルバーのタキシードに蝶《ちょう》ネクタイ姿。ポケットチーフは雛子のドレスに合わせたライトブルーだ。とても似合っている。

「何もなかった？」

「ハイ、誰も来てないデス」

そんな会話をする二人を見て、雛子は今日はやけに慎重だなと感じた。

そういえば、会場入りした時も駐車場でなかなか車から降ろしてもらえず、しばらく運転手の竹千代と二人で待たされた。まずは先に降りた朝哉とヨーコが周囲を確認して、エレベーター前で待機していた警備員と会話を交わした後に、やっと車外に出されたのだ。

そこから両側を朝哉とヨーコ、前後を警備員に挟まれて、ものものしい警護のもと控室に入った。

ホテル全体の警備もいつもより厳重だ。

地下駐車場及び一階のエレベーター前やパーティー会場のドアの横には、既《すで》に警備員が立っているし、招待客も女性のクラッチバッグ以外の鞄の持ち込みは禁止になっているらしい。

そのクラッチバッグでさえ、入場時には一度開けて中を見せなければならないという。

一般客も利用するホテルであるため玄関での出入り規制はしていないものの、パーティー会場の前では招待状の確認も行われる。

——招待客がＶＩＰだと、ここまで慎重なのね。

今日のパーティーは、『黒瀬家』というよりは『クインパスグループ』の関係各社への雛子のお披露目の意味合いが強いものだ。ごく限られた百名あまりの関係者のみに招待状が送られている。

招待客リストには、クインパス傘下の会社社長を始め、取引先の社長や、経済界の重鎮、政治家、テレビや雑誌でも顔を見る著名人の名がズラリと並んでいた。雛子はその豪華さに驚愕《きょうがく》したほどだ。その顔ぶれを考えると、確かに不測の事態に備えるのは当然なのだろう。

ヨーコとの会話を終えた朝哉が鏡の前の雛子を見やり、パアッと表情を輝かせる。

「わっ、ヒナ、凄《すご》いな……なんだか別人みたいだ」

「イブニングパーティーだからクッキリした化粧がいいって言われて……変かしら」

「変なものか。形容詞が『可愛い』から『美人』に変わるだけで、綺麗なことに変わりない。……うん、素敵だよ」

両手を取ってフワッと優しく微笑《ほほえ》みかけられ、雛子も見つめ返す。

「二人とも、イチャイチャするのは無事に帰ってからにしてクダサイ。もうそろそろステージ脇にスタンバイしますヨ」

ヨーコから呆《あき》れ顔で言われて、雛子はハッと我に返った。

照れながら朝哉の顔を見上げると、予想に反して彼は厳しい表情になっている。

「ヒナ、パーティーにはいろんな人が来ているし、何が起こるかわからない。警備員はドアの外で待機してるけど中まで入らないから、絶対に俺から離れないで」

「……はい」

関係者しかいないのに心配性だなと思ったものの、反論はしなかった。百名もいれば一人や二人はクセのある人物がいるかもしれない。

——とにかく失礼のないよう、粗相のないよう気をつけよう。

雛子は心に誓って会場に向かう。

パーティーの司会は、テレビでよく見るベテランのアナウンサーが務めていた。こういう場にも慣れているらしく、軽快な語り口で場を温めていく。

しばらくしてよく通る声で名前を呼ばれ、雛子は朝哉と揃《そろ》って登壇した。

ステージに立つ二人に『ほうっ』と感嘆の声が上がり、続いて盛大な拍手が起こる。

――しあわせ……

六年前、その時を目前にしてスルリと逃げて行った幸福が、今またこの手に戻ってきた。

感動で胸が震えて、嬉しいのに泣き出したいような気分になる。

――今度こそしっかり握って離さないようにしよう。この幸福も、朝哉の手も……

隣で堂々とスピーチをしている婚約者を見上げ、雛子がこの瞬間を目に焼き付けていると、急に招待客の視線が動き、会場の空気がざわついたものに変わった。

――えっ？

彼らの視線を追って顔を動かした先に、男女二人組が立っている。

左腕に『広報』の腕章をつけ大きめのカメラを抱えた男性と、同じく腕章をつけた小柄な女性だ。

その顔には見覚えがある。

「えっ、嘘……どうして？」

何年も音信不通で行方知れずになっていた――

――大地さんと麗良さん……！

大地は雛子と目が合うと、満面の笑みを浮かべた。

「雛子ちゃん、待たせたね。僕が来たから安心して」

ガラス玉のような焦点の合わない瞳で見つめられ、雛子は背中にゾクリと冷たいものを感じる。

その笑顔はこちらを見ていながら、まるで何も映していないみたいで……

「大地さん、どうしてここに？」

「どうしてって……雛子ちゃんを助けに来たんだ」

大地はカメラをガチャンとステージに放り投げ、ポケットに手を入れる。

取り出したのは、黒光りするスタンガンだ。

「助けにって、一体何を……」

「ヒナ、こっちだ！」

驚きのあまり固まっている雛子の腕を掴み、朝哉が自分の後ろに庇《かば》う。

同時に壁際に立っていた竹千代とヨーコが、ステージに向かって駆けてきた。

それを見た麗良がカッと瞳孔を開き、怒りに顔を歪《ゆが》ませて叫ぶ。

「お兄ちゃん、雛子を捕まえて！」

「うぉおーーっ！　雛子ちゃんを離せ～！」

彼女の声を合図に、大地が突進してきた。

朝哉が雛子の背中をドンと押し、近くまで来ていたヨーコのほうへ突き飛ばす。彼女は両手で雛子を受け止め、その手を引いて出口に向かって走り出した。

「お兄ちゃん、雛子が逃げる！　早く追いかけて！　早くっ！」

「雛子ちゃん！」

「させるかっ！」

朝哉が大地の前に立《た》ち塞《ふさ》がり、行く手を阻《はば》む。

「邪魔するな、この卑怯者め！　雛子ちゃんを返せ！」

大地がスタンガンを持った右手を突き出した。それは青白いスパークとバチバチッという強烈な音を発しながら、朝哉の腹部に突き刺さる。

「効くかよっ！」

朝哉は痛そうな素振りも見せず、両手で大地の手首を掴んだ。そのまま勢いよく急所を蹴り上げる。

「ぐわっ！　ううっ……！」

大地が股間を押さえて蹲《しゃが》み込《こ》んだところで、すかさず背後に回り込み、腕を捻《ひね》ろうとした。

大地は渾身《こんしん》の力でそれを振り払い、闇雲にスタンガンを振り回して抵抗する。

「ここは私が！　専務は雛子さんのところに行ってください！」

そこに割り込んでいったのが、竹千代だ。両手に防御用の黒いグローブを嵌《は》め、四角く透明なシールド型スタンガンを持っている。

大地と竹千代が睨《にら》み合っている間に、朝哉が雛子の後を追ってきた。

その時、会場の向こうから悲鳴が上がる。

キャーーー‼

逃《に》げ惑《まど》う招待客には目もくれず、麗良が真っすぐ雛子の背中を追いかけていたのだ。

「ヒナっ！」

朝哉が慌てて駆け出す。同時に雛子は立ち止まり、クルリと麗良に向き直った。

「ヒナコ⁉」

一緒に走っていたヨーコも驚いて足を止める。

実は、雛子の前を走っていた中年女性がつまずいたのだ。

「早く立って！　逃げてください！」

その女性に声をかけ、雛子は彼女を庇《かば》って一歩前に出ると、麗良を睨《にら》み付《つ》ける。

「雛子～！　おまえなんか、おまえなんか……っ！」

興奮した麗良はカッターナイフを掲《かか》げ、鬼の形相《ぎょうそう》で突進してきた。

「死ね～っ！」

叫びながら青いドレスの胸元にナイフを突き刺そうとして、その動きを止める。

朝哉が後ろから飛びつき羽交い締めにしていたのだ。

「麗良、やめろ！」

「朝哉様っ！」

麗良の顔に歓喜が浮かぶ。まるで憧れの王子様に会えたとでもいうように、彼女は瞳を潤《うる》ませた。

「今すぐナイフを離せ！　ヒナを傷つければ容赦しない！」

「朝哉様……っ！」

「ヒナっ、早く逃げるんだ！」

そんな麗良の視線を素通りし、朝哉の目は雛子だけを映している。麗良の瞳が怒りで燃えた。

「どいつもこいつも雛子雛子雛子って……うるさいんだよ！」

「うわっ！」

彼女はカッターナイフを勢いよく横に引く。朝哉の手の甲にシュッ！　と切れ込みが入った。

スパッと切れた真一文字の傷は、見る見るうちにカーペットに鮮血を滴《したた》らせる。

その隙に麗良はガッと肘鉄を喰らわせて、朝哉の腕からすり抜けた。

その時、彼女の視界の端に、警備員に両側から腕を掴まれて歩く大地が映る。

「くそっ、あの役立たずが！」

麗良は、腹を押さえて前屈みになっている朝哉を見下ろすと、腹立ち紛《まぎ》れにその肩を切りつけた。

「うわっ！」

「朝哉！」

そして、彼に近寄ろうとする雛子を、憎しみのこもった目で睨《にら》み付《つ》ける。

「くっそ〜、おまえだけ幸せになんてするもんか！　その顔を切り刻んでやる！　死ね！」

「やめろっ！」

再びカッターナイフを構え一歩踏み出した麗良の右手を、朝哉が血だらけの両手で掴んだ。

「離せっ！」

「離すかっ！　……ヒナ、早く行けっ！」

その時、朝哉の手を必死で振りほどこうとする麗良の指先がピンポイントで蹴り上げられ、カッターナイフが宙を舞った。

横からヨーコが蹴り上げたのだ。

「えいっ！」

続いて雛子が正拳中段突きを見舞った。たまらず麗良が蹲《しゃが》み込む。

「うっ……ゲホッ……」

カッターナイフがヨーコの手に渡った。

「くそっ、くそっ、くそ～っ！」

そこへ、ドドドッと地響きのように大きな足音が近づいてくる。

なんと、馬鹿力で警備員をなぎ倒した大地が全力疾走していた。

朝哉とヨーコ、そして竹千代が雛子を背中に囲い、身構える。

「麗良ーーーっ！」

「お兄ちゃん、早く雛子をやっちゃって！」

だが、大地が向かった先は雛子ではない。

ガッ！

大地は麗良をグーで殴りつけると、彼女に馬乗りになって掴みかかり、繰り返し拳《こぶし》を振り上げた。

ゴッ！　ガツッ！

「おまえ……っ、雛子ちゃんを助けるって……救うって言ったじゃないか！」

「……はっ、こんな女を誰が助けるって？　傷つけに来たに決まってるだろうが！」

大地に胸ぐらを掴まれて鼻血を流しながらも、麗良は口角を上げて不敵な笑みを浮かべる。

「ハハッ、馬っ鹿じゃないの!?　お前みたいなニート豚が女に相手にされるわけないだろっ！」

「うわぁぁぁーーーーー！」

大地が目を血走らせ、無言で何度も拳《こぶし》を振り下ろす。

しんと静まり返った会場に、肉がぶつかる鈍い音だけが響き渡った。

「警備員さん！」

朝哉が声を張り上げたところで、警備員が我に返って駆け寄ってくる。四人掛かりで飛びかかり、大地を上から押さえ込んだ。

「うぁぁ、触るなーー！　うおーー！」

「確保！　確保〜！」

手足をバタつかせ暴れても、大人四人に乗り上げられては逃れようがない。大地は徐々に動きを鈍くし、最後にはグッタリと力を抜いた。

雛子はその場に膝《ひざ》をつき、大地の顔をのぞき込む。

「大地さん」

「ひな……こ、ちゃん……」

「いくら腹が立ったとしても、大事な妹さんに暴力を振るってはいけないわ。絶対に駄目」

雛子は唇を引き結び、警備員の身体の下からはみ出していた大地の左手を両手で包んだ。

「大地さん、もしも何かから私を救おうとしてこんなことをしたのなら……手段を間違えている」

「雛子ちゃん……ううっ……」

「私のことなら心配しないで。私は今、とてもしあわせなの。そして……ごめんなさい。私がこれからもっとしあわせにしたいと思う相手は……一緒にいたい人は……大地さん、あなたじゃなくて、黒瀬朝哉さんなの」

そこでスッと立ち上がると、朝哉の隣に寄り添い、ふらつく彼を支えた。

「朝哉、早く止血しないと……」

「俺は大丈夫だ。ヒナは？　どこも怪我してない？」

「大丈夫よ、みんなが守ってくれたから……」

すると、大地が床に顔をつけ、涙を流す。

「雛子ちゃん……ううっ……僕の天使……ごめんよ……ごめん……」

しばらくして、麗良が警備員に手を引かれ、ヨロヨロと立ち上がった。

会場から連れ出されるその途中で振り返り、今も泣き続ける兄の姿と、仲良く寄り添い合う朝哉と雛子を交互に見やる。

「私だって……私だってあんなふうに……朝哉様の天使になりたかった……」

鼻血を流しながら呟《つぶや》いたその言葉は、しかし誰の耳にも届かなかった。

＊

「――朝哉、リンゴと桃、どっちがいい？」

「リンゴ」

「はい、どうぞ」

「えっ⁉」

「あっ、ごめんなさい。まだ手が痛むのよね。はい、あ～ん」

「あ～ん……うん、ヒナが剥《む》いたリンゴは甘くて美味だな」

「ふふっ、誰が剥《む》いても甘さは変わらないわよ」

「違う！　ヒナが剥《む》いてくれると甘さが倍増するんだ。本当だよ！」

病院のベッドの上でここぞとばかりに甘える朝哉を、雛子は甲斐甲斐《かいがい》しく世話していた。

ヨーコと向かい合って見舞品の和菓子を食べていた竹千代が、二人を見て苦笑する。

「ほんっと甘々ですね。人前でここまで遠慮なくベタベタできちゃうことにビックリですよ」

「タケ、試練を乗り越えた熱い二人にそんなことを言うのは、イボというものですヨ」

「それを言うなら野暮だろ。どうしてイボができてんだよ」

そんな二人の会話を聞いて、雛子は安堵《あんど》の息をつく。

――みんなが無事で本当によかった……

朝哉が大学病院の特別個室に入院して今日で三日目。

クインパス専務とその婚約者を襲った恐ろしい事件は、大きなニュースとして取り上げられ、今も世間を騒がせ続けている。

幸いにも竹千代とヨーコ、そして雛子は無傷だったものの、朝哉は大地や麗良との格闘により、切創《せっそう》と全身への打撲を負った。打撲はたいしたことがなく安静と経過観察だけでよかったものの、カッターナイフで切りつけられた左肩から上腕にかけての十五センチの傷と右手の八センチの傷は縫合《ほうごう》され、今は包帯がグルグルに巻かれている。

神経損傷はなく、縫合部の状態を見て、二週間程度で抜糸できる予定だ。

本来ならば一週間で退院して後日抜糸に来るだけでいいのだが、朝哉の入院期間は抜糸が済むまでと決まった。

時宗の、『おまえが会社に来たらマスコミが騒いで仕事にならん。抜糸まで病院で閉じこもっていろ』の一言で、一週間延びたのだ。

実際、病院周辺には大勢のマスコミや朝哉ファン、そして野次馬が詰めかけている。

騒ぎから逃れるためにも落ち着いて仕事をするためにも、『特別個室』は最適な場所だと言えた。

ここはバス、トイレ付きなのはもちろん、キッチンや応接セット、来客用の前室まで備わっていて、そこらのホテルよりも充実した造りになっている。

面会謝絶にしているので見舞客も入ってこない。

雛子はこの部屋に補助ベッドを置いて寝泊まりしていた。

こちらは上司である定治からの、『専務のサポートをしてあげなさい』という指示によるものだ。

おかげ様で雛子は二十四時間心置きなく朝哉のお世話ができ、右手が不自由で滞《とどこお》っている彼の書類業務などを手伝っていた。

これは、大怪我を負った朝哉と、あの事件にショックを受けていた雛子への、二人からの配慮なのだろう。そう雛子は思っている。


「――それにしても、防護ベストを着込んでおいて、本当によかったですね」

竹千代の言葉に、その場にいた全員が深くうなずく。

後から聞いて驚いたのだが、大地の動向に危機感を持っていた朝哉は、いくつかの対策を講じていた。防護ベストの購入を決めたのも朝哉だ。

大地がスタンガンを準備していると知っていた彼は、その対抗措置として特殊な繊維で編まれた『対スタンガンベスト』を買ったのだそうだ。

日本国内では一般に出回っていないそれは、海外ではミリタリー専門店に行けば誰でも購入できるらしい。朝哉は海外在住の知人に頼んで、その防護ベストに加え、同じ材質でできたグローブも送ってもらった。

ちなみに、盾のようにして使うシールド型スタンガンは日本のインターネットで購入したもので、グローブやベストと一緒に竹千代に持たせてあったという。

パーティーで主役の朝哉が怪しいグローブをつけているわけにはいかないので、竹千代にフル装備させ、自分の代わりに雛子を守ってもらうつもりだったのだと説明された。

もっと朝哉自身を守ることに使ってくれればよかったのにとは思うが、全員生きている。

運が味方してくれたのもあるが、一番の勝因はやはり四人が一丸となって闘ったおかげだろう。

「あの時のヨーコさんのハイキック、カッコよかったわ」

「ソレを言うならヒナコの正拳中段突きも、ビシッとみぞおちにキマッてましたヨ！」

雛子はヨーコと顔を見合わせ、ふふっと笑う。

実はヨーコは幼少時より極真空手を習っていて、茶帯所持者でもある。

そして、雛子はニューヨークにいた頃、ヨーコに誘われ、道場に通っていた。

これも朝哉の指示だったそうだ。

『大企業の役員ともなれば、気づかないところで恨みを買っていると思って間違いない。だから、ヒナにも護身術を身につけさせたいんだ』と、ヨーコに頼んでいたらしい。

「実はこの前、ヨーコさんが久し振りにお稽古に誘ってくれたの。少しだけど勘が取り戻せていたから、ちょうどよかったわ」

「そうか、技がビシッと決まってたもんな」

どうだと雛子が胸を張るのに、朝哉とヨーコは目配せしていた。

ヨーコがニヤニヤしながら竹千代の耳に顔を近づける。

「タケ、知っていますか？　朝哉はニューヨークで、ヒナが屈強なアメリカ人男子に寮の部屋に連れ込まれたら困る。自分で身を守る術《すべ》を身につけさせてくれ……ってお願いしてきたのですヨ」

そんなヨーコのひそひそ話を、雛子が聞き取ることはできなかった。

「――そういえば警察はいつ来るって？」

「明日の午後二時デス。今日はまだ安静期間ですからネ」

警察には事件翌日に事情聴取をされている。だが、大地たちの供述と照らし合わせるために、もう一度話を聞きに来るらしい。

大地と麗良が逮捕され、事件の全容は明らかになっていた。

なんと麗良は、クインパス本社の目と鼻の先にあるコンビニでアルバイトをしていたそうだ。

彼女は温泉街でたまたま朝哉の映ったテレビ映像を見て、東京まで彼に会いに来たらしい。しかし、朝哉の婚約者だと名乗ってもその他大勢のファンの一人だと思われて警備員に相手にされず、仕方なく漫画喫茶で寝泊まりしながら近くのコンビニで働き、接近の機会をうかがっていたのだという。

そんなある日、コンビニに通っていたクインパス社員から、朝哉と雛子が婚約したと聞く。一方的に嫉妬《しっと》を募らせた彼女は、どうにか妨害しようと企《くわだ》てた。

まずは草津で引きこもっている大地に電話をかけ、『雛子が借金のカタで無理やり朝哉と結婚させられる。助けてあげて！』とそそのかす。大地の雛子への恋心を利用したのだ。

驚くべきはここからだった。

事件当日。麗良はクインパスの女性社員から聞きだした情報をもとに、記者とカメラマンを探し出して、大地に襲わせる。スタンガンで気絶させてからロープで拘束し、記者が乗ってきた車に閉じ込めて放置。彼らの社員証と腕章、そしてカメラを奪うと、ホテルに入った。

遠目に腕章とカメラをかざして見せながらフロントの前を堂々と通過し、会場のある階まで上がり、そのまま近くのリネン室で息を潜めて待機。やがて、パーティーが始まり音楽が流れたところで大地が控え室の鍵を壊し、二人で中に入る。そこから直接ステージに続く裏口に出て、明るい会場に飛び出した……ということだ。

『雛子だけが幸せになるのが許せなかった』

『朝哉様は私のものなのに』

『私と朝哉様はパーティーでバッグを拾ってもらった時に恋に落ちたの』

『私にだって幸せになる権利がある』

警察の取り調べで、麗良はそう語っていたそうだ。

大地のほうは、麗良に騙《だま》され、雛子を救うために動いたようなので、ある意味麗良の計画に巻き込まれた被害者でもある。

だからといって彼の行為が許されるわけではないが、妹の妄言を信じたりしなければ、彼は今でも草津の社員寮の一室で引きこもったまま、ある意味幸せに暮らせていたかもしれない。そう考えると、雛子は大地に軽い同情を覚えた。

一通り当日のことを話し終え、竹千代がテレビをつける。ちょうど昼のワイドショーが今回のニュースについて報道しているところだった。

『――白石兄妹と白石雛子さんは従兄妹《いとこ》であり……』

「……タケ、悪いけど消してもらえるか」

「はい、そうですね」

朝哉の言葉で、彼はリモコンをかざしてテレビを消す。

他人は無責任だ。事件そのものに関係のない部分まで、面白おかしく騒ぎ立てる。

幸いなことに、世間は怪我した朝哉に同情的だ。

パーティーへの襲撃を許し、経済界や政界の重鎮を危険な目に遭《あ》わせた責任を問う声は、今のところ聞こえてこない。

雛子が途中、転んだ女性を庇《かば》ったことも功を奏していた。

そんなつもりでの行動ではなかったが、会社と黒瀬家に大きな損害を与えずに済んだことに雛子はほっとしている。

――でも、これがいつ逆風に変わってもおかしくない。

世間の風潮なんていい加減なもの。散々持ち上げられても叩《たた》き落とされることを覚悟しておくべきだろう。

父が亡くなった時に、自分はそれを思い知らされた。

雛子は包帯の巻かれている朝哉の右手を柔らかく包み込む。

「朝哉、ありがとう。私のことなら大丈夫よ」

フワッと微笑《ほほえ》んで、彼の顔を見つめる。

「私は誰にも恥じるようなことをしていないし、他人に何を言われようが怖くなんてないわ」

「ヒナ……」

「だって、本当の私を、ヨーコさんや竹千代さん、そして朝哉は知ってくれているでしょ？　それだけで十分だもの」

すると朝哉も目を三日月《みかづき》のように細め、上から左手を重ねてきた。

「うん……ヒナが可愛くて優しくて、真っすぐな女性だっていうのを俺は知ってるよ」

「それだけじゃないですヨ。誰のこともスグに許してしまうお人好しデス。泣いたらイチコロです」

ヨーコが追加するのに、竹千代がすかさずフォローを入れる。

「よくも悪くも性善説の人ですよね。ピュアなんですよ。なんてったってあの場面ですら、自分を襲った人間の手を握って説教しちゃうんですから。それで大地を手懐《てなず》けて大人しくさせちゃったし」

「おいおい、俺のヒナは猛獣使いかよ」

そう言った朝哉が、僅《わず》かに顔を顰《しか》めた。

「あんな怖い思いをさせられて、『暴力を振るっちゃダメよ』も何もあったもんじゃないだろう。しかも手まで握って……ギュッて両手で、ギュッ……って！」

「私、なんか馬鹿にされてます？」

雛子は怒ったフリをする。もちろん、三人が自分を心配してくれていることはわかっていた。

すると朝哉が優しい笑顔に戻る。

「いや、とにかく……さ、俺のヒナは最高ってことだ」

「ふふっ、ありがとう。今の私は素敵なあしながおじさまが育ててくれたのよ。立派なレディーになれないはずがないわ」

ねっ、そうでしょ？　といたずらっぽく見つめてみせると、朝哉が一瞬固まった。そこで彼の理性が崩壊したらしい。

「ヒナ〜、大好きだ〜！」

「きゃっ！」

突然、ガバッと抱きつかれる。けれど、すぐに「痛ててててっ！」と顔をしかめて離れた。それでも、しっかりキスすることだけは忘れない。

そんな上司に肩をすくめつつ、優秀な秘書と運転手がそっと病室を出ていく。

「朝哉、冗談はこれくらいにして、少し横になったほうがいいわ。疲れてるでしょ」

今なお顔にチュッチュと唇を押し付けている朝哉の胸を押し、雛子はお皿を持って立ち上がる。

朝哉がその手首を掴んで止めた。

「疲れてない、むしろめちゃくちゃ元気」

「えっ？」

朝哉が掛け布団をめくる。パジャマの股間部分が大きく張り出していた。

まだ全身筋肉痛だろうし、傷の痛みもあるはずなのに……

「……なあ、ヒナ、エッチしたい」

雛子はその股間の膨らみを見つめ、それから彼の顔に視線を戻す。

「……駄目よ、大怪我をしてるのに」

「怪我は肩と手の甲で、下半身は関係ない」

「でも、傷口が開いたら……」

「だったら触ってくれるだけでもいい。ヒナは嫌？　こんなの触りたくない？」

朝哉が上目遣いに見つめてくる。既《すで》に彼の分身は先端から透明な汁を溢《あふ》れさせているらしい。パジャマの股間部分にはシミができていた。

雛子はしばし無言で悩み、覚悟を決める。

「……ちょっと待ってて、鍵をかけてくるから」

朝哉にそう告げると、サイドテーブルにお皿を置き、病室の入り口に向かった。

＊

──マジか……

朝哉は驚きで目をみはった。

わかっている。清らかな女神に『扱《しご》いてくれ』なんて、普通に考えたら不敬罪だ。

けれど、パーティーの日から今日で四日も雛子を抱いていない。さすがに股間が限界だった。

それでも自分で言っておいて、雛子が応じてくれるとは思ってもいなかった。

彼女の後ろ姿を見送りながら、ソワソワと落ち着かない。

——というか、雛子はやり方を知らないだろ、俺が指示するのか？

罪悪感とは裏腹に、期待でますます勃《た》ち上《あ》がってくる。

朝哉はリモコンでベッドを倒し、いそいそと服を脱いで横になった。

——病院のベッドに素っ裸で横たわり、イチモツをおっ勃《た》たせてスタンバイ中とは。

なんとも間抜けな姿だな……と思う。

だけど、いくら恥ずかしくたってこのチャンスを逃す気はない。

愛する女にご奉仕をしてもらうのは、男のロマンなのだ。

もちろん、雛子を抱ければ満足ではある。自分の愛撫《あいぶ》で気持ちよく啼《な》いてくれるのが嬉しいし、彼女のナカでイク瞬間の快感は何ものにも代えがたい。

でも、彼女から触ってほしいという欲求が頭をかすめるのも事実で。

清らかで純情な雛子にそんなことを頼んだらドン引きされてしまう。蔑《さげす》むような目で睨《にら》まれたら……それはそれでゾクッとしていいけれど、やはり彼女には笑顔を向けられたい。

——好感度を優先させた結果、今までその願望を口にしたことがなかったが……

ドキドキしながら絶賛待機しているところに、雛子が戻ってくる。

ベッドサイドで立ち止まった彼女は、臨戦状態の漲《みなぎ》りに目を見開き、頬を染めた。

そして、ブラインドを閉めるとゆっくりベッドに上がり、朝哉の脚の間に陣取る。

「慣れてないから……気持ち悪かったり痛かったりしたら言ってね」

勃《た》ち上《あ》がっているモノを両手でそっと握りしめ……先端にチュッとキスしてペロリと舐《な》めた。

――嘘だろっ⁉

「ひ……ヒナっ！」

「やっぱり痛かった？　ごめんなさい、下手《へた》くそで」

申し訳なさそうに手を離すのを見て、朝哉は慌てて訂正する。

「嫌なはずがない！　こんなの嬉しすぎて……すぐにイっちゃいそうだ」

「嬉しいの？」

「ああ、夢みたいだ……」

――手だけでも夢みたいなのに、口でなんて昇天してしまう！

雛子はそんな朝哉の心中を知らず、目を細めて「よかった」と微笑《ほほえ》んだ。

「朝哉、私のことを嫌いにならないでね。実は私もずっと……こうしてみたいって思ってたの……」

再び割れ目に舌を這《は》わせながら、チロリと見上げてくる。

――神よ、心から感謝します！

朝哉は思わず両手で顔を覆《おお》い、天を仰《あお》ぐ。

次に雛子は髪を耳の後ろに掻《か》き上《あ》げると、カリの周囲をペロペロと舐《な》めだした。

薄い唇の間からチロリとのぞく赤い舌。赤黒い屹立《きつりつ》を握り込む細い指。

そっと枕から頭を持ち上げて見るその情景だけで、もう達しそうだ。

朝哉は天井を向いて目を閉じ、必死で吐精感を耐えた。

ふいに雛子が舌の動きを速くする。

「あっ、ヒナ……っ、気持ちぃ……」

ピュッと飛び出た先走りを、すぐに雛子の舌が攫《さら》っていった。

「ヒナ、裏も……両側の玉も、棒の根元からも……全部舐《な》められるか？」

「うん」

彼女が言われるままに二つの膨らみに交互に口づけ、舌を這《は》わせる。棒の根元のほうからレロリと舐《な》め上《あ》げ、最後に先端をパクリと咥《くわ》えて吸い上げた。

「あっ……うはっ、気持ちい……ヒナ、こんな技、どこで覚えて……」

すると、彼女は無言のまま首を横に振る。

――そうだ、彼女がこんなことをしたことがあるわけがない。

抱擁もキスもつながるのも、初めてを全部、自分に捧《ささ》げてくれたのだ。

今だってこうして必死に……

――咥《くわ》えるのも俺のだけ……

感極まったところで、根元を握って扱《しご》かれる。

漲《みなぎ》りがブルンと震え、両側の双玉がキュッと縮こまった。

「うわっ、もう出るっ！　ヒナっ、口を離せ！」

しかし雛子はそのままやめようとしない。

朝哉の腰が跳ね、脳内がスパークする。

「うっ……くっ……ヒナ……っ！」

ドクンと弾けた直後、雛子の白い喉が動き、口いっぱいのソレを飲み干した。

彼女は身体を起こして口元を拭《ぬぐ》うと、「快《よ》かった？」と不安げな顔をする。考えるより前に言葉が出てきた。

「快《よ》かった。恥ずかしいけれど、瞬殺だった。だけど……」

一度くたりとしたソレが再びグンと反り返るのを見て、雛子が目を見開く。

「うそ……もう？」

「嘘も何も、見ての通り、快《よ》すぎて興奮状態だ。今度はヒナを気持ちよくしたい。挿《い》れていい？」

もうこのままじゃ、おさまらない。

傷口が開こうが痛かろうが、雛子のナカに挿《い》れたいし突きたいしソコで果てたいのだ。

「そうじゃなきゃ終われない」

すると雛子が、しばらく考え込んでから、「わかった」と短く答えた。ワンピースを脱ぎ、一つ深呼吸して、ブラジャーとショーツも取り払う。

ほどよい大きさの張りがある胸。白い肌の中心に見える薄い繁み。その下に隠れている泉がこぼす愛液が、健康的な太腿《ふともも》を伝っている。

外はまだ明るく、ブラインドの隙間から射す光が彼女の全身を浮かび上がらせていた。薄暗がりの中のその姿は、いつになく妖艶《ようえん》だ。

朝哉は思わず身体を起こして魅入《みい》る。

「綺麗だ……とても」

とうとう、この芸術品のような身体も手に入れたのだ。

キスさえ知らなかった十五歳の雛子も、初めて身体を開いた二十二歳の雛子も、そして全身から色気と欲情を溢《あふ》れさせ、潤《うる》んだ瞳で誘っている目の前の雛子も……

「俺のだ……」

「……そうよ、私の丸ごとぜんぶ朝哉のもの。そしてあなたは私のものだから……」

ふいに雛子が朝哉の肩をトンと突いて押し倒す。「だから今日は、私が朝哉を抱くの」と言って、朝哉の太腿《ふともも》にまたがった。

「えっ？」

——ヒナが……俺を抱く？

「私が動くから、朝哉は絶対に動いちゃダメよ」

その言葉で理解する。雛子は自分が上になるつもりなのだ。

「……イヤ？」

彼女が不安げに聞く。

「イヤなわけない！　大歓迎だ！」

でも、その前に……

「ヒナ、俺の顔にまたがって。挿《い》れやすいようにほぐすから」

朝哉の言葉に、雛子は途端に顔を赤らめた。

「やだっ、何、言ってるの！　そんな恥ずかしいことできないわよ！」

「ヒナだって俺の恥ずかしいところを咥《くわ》えたじゃないか」

「それはっ！」

なおも雛子はゴネていたけれど、騎乗位の場合は念入りに濡らしておかないと挿《い》れる時に痛いとか、滑りが悪いと中折れして使えなくなるとか、適当な理由をつけて、どうにかうなずかせることに成功する。

彼女のためにほぐしておきたいのも嘘ではないが、本音を言うと、舐《な》めたかっただけだ。

「見ちゃダメよ」

「うん、見ない、見ない」

「嘘っぽい！」

「見なきゃ舐《な》められないよ。ほら、早く」

雛子がヘッドボードに掴まって、ゆっくりと腰を落とす。

ぱっくりと開いた割れ目からは、ナカのピンク色までよく見えた。うん、絶景だ。

眼前に迫ってきたところで朝哉は舌を伸ばし、まずはレロリと舐《な》め上《あ》げる。

「あっ、やんっ！」

彼女が腰を引こうとしたのを、両手で抱え込んだ。その際に右手が痛み、声を上げると、「ほらやっぱり」と言って彼女はまたしても離れようとする。

「ヒナが逃げなきゃいいんだよ」

少しの攻防の後、ようやく観念した彼女は、今度こそ逃げずに舌を受け入れてくれた。

ペチャペチャッ、ジュッ、ジュルッ……

「やっ、あっ……あんっ」

朝哉は蜜口に舌を捻《ね》じ込《こ》みグリグリこじ開ける。さらに垂れ出す液を啜《すす》り、割れ目を舐《な》めた。

小さな蕾《つぼみ》をチュッと吸い上げると、そこはすぐに勃《た》ち上《あ》がり、赤く色づく。

「すごい……ヒナのが大きくなった」

「もうダメっ、やめて」

「やめないよ。こんなにヒクヒクさせて喜んでるのに。今から剥《む》いてイかせてあげる」

朝哉の言葉でますます愛液が溢《あふ》れてきた。

言葉と裏腹に雛子の身体が期待しているのだ。

左手の二本指で挟んで包皮を剥《む》くと、ピンクの尖《とが》りが顔を出した。舌先でツンツンと突いてやるたび、ピクンと跳ねて喜ぶ。

嬉しくなった朝哉は蕾《つぼみ》を口に含み、レロレロと舐《な》めまわす。

雛子の太腿《ふともも》が震え始めた。

「ヒナ、俺の舌にイイところが当たるように腰を動かして」

「やっ、もう無理っ、イっちゃうから！」

「いいよ、イクところを見せて、ほら」

左手でパクリと花弁を開いてやると、彼女は恥じらいながらもソコを顔に押し付けてくる。ゆるゆると動く腰遣いに合わせて、朝哉はソコを舌先でつついた。雛子が鼻にかかった甘ったるい声で啼《な》き始める。

──ヤバイ、その声は腰にクル！　先にイってなるものか。

朝哉は二本指を揃《そろ》えて挿入する。蕾《つぼみ》を舌でフルフルと左右に揺らし、敏感なナカを指の腹で押し上げた途端、蜜壺が窄《すぼ》んだ。指がキュッと締め付けられる。

「あっ、やっ、ああっ！」

「エロっ……最高だな」

達する瞬間のソコは、官能的で美しい。目の前で花弁が蜜を垂らしながらヒクヒクしている。まるで食虫花だ。これにならら食べられたってかまわない。

そう思っていると、雛子が下にずれた。

「ヒナ、俺の財布にゴムが入ってる」

「う、うん……ぜんぶ私が、やるから」

「よ、よろしくお願いします」

──マジか……そこまでのサービス付きとは。

雛子が悪戦苦闘しつつもカチカチの屹立《きつりつ》に避妊具を被せ、それの上に膝《ひざ》立ちになる。そして、右手で竿を握りゆっくり腰を落とした。

そこまでの流れをピクリともせずに見つめていた朝哉と、動きを止めた雛子と、目が合う。

「だから……恥ずかしいから見ちゃダメ」

甘ったるい声で言われ、朝哉は慌てて目蓋《まぶた》を閉じた。

この記念すべき瞬間を目に留めておきたいが、ここは我慢だ。

目を強くギュッと閉じたまま、その瞬間を待つ。

ツプッ……

——あっ！

だが我慢できず、目を開けてまじまじと見てしまった。

雛子が朝哉自身を入り口に宛てがい、ゆっくりと腰を沈めていく。

彼女のソコは十分に濡れそぼっていたようで、丸い先端はいとも簡単に呑み込まれていった。

「ん……っ……ふっ……あっ……」

雛子が動きを止め、呼吸を整えている。次いで思いきったようにズンッ！と完全に腰を落とした。

「やっ！……あっ、ああっ！」

彼女が白い喉を曝《さら》すのと同時に、朝哉の漲《みなぎ》りが最奥に到達する。肉壁がギュウウッと収縮し、呑み込んだばかりのソレを締め付けた。

「うわっ！あ……はっ……ヒナ、凄《すご》……っ」

挿入《はい》っただけでイきそうだ。こういうのを名器と呼ぶのだろうか。

雛子のナカは驚くほど熱く狭い。そこだけが別の生き物のようにうねり、朝哉に吐精を促《うなが》す。

――こんな最高な時間、あっという間に終わらせてたまるものか。

朝哉が歯を食いしばって耐える一方、雛子のほうも快感を逃そうとしているのか、彼のお腹《なか》に両手を置いたまま動かない。

――今度は俺が！

朝哉は両腕を動かさないよう気をつけつつ、下からズンッ！　と突き上げた。

「やっ、あんっ！　……ともっ、動いちゃだめ……って」

「ヒナも動いて、ほら」

腰を押し付けてナカをグリグリ掻《か》き回してやると、雛子が身体を仰《の》け反《ぞ》らせて身悶《みもだ》える。

弓なりになって強調された白い膨らみが、目の前でプルンプルンと揺れていた。

快感に目を細めた彼女が、薄く開いた唇から喘《あえ》ぎを漏らす。

――女神だ……これは女神エロスが降臨したに違いない。

自分は今、女神を犯し、犯されているのだ。

――もっと穢《けが》したい、乱したい、啼《な》かせたい！

かつてないほどの劣情が煽《あお》られる。

朝哉は肩が痛むのも忘れて彼女の腰を掴み、屹立《きつりつ》を打ち付けた。

――痛い。でも止めたくない！

「あっ、ああっ！」

――もっと、もっとだ！

ふいに手を引きはがされ、彼女の腰からシーツに下ろされた。

「ダメよ、朝哉」

「ヒナっ、でも！」

「私が朝哉を抱くって言ったじゃない。私がいっぱい動いて……気持ちよくしてあげるから」

雛子がゆるりと腰を振る。

「ん……あっ……んっ……」

最初はゆっくりと、しかし徐々にスピードが増し、彼女の息遣いも荒くなっていく。

「ふっ……は……っ、あっ」

「ヒナっ、凄《すご》くイイよ」

「あっ、あんっ」

彼女は股を大きく開き、ひたすら腰を前後に振り続けている。

グチュッ、グチュッという粘着質な音と、彼女の猫みたいな啼《な》き声《ごえ》が、病室に響き渡った。

雛子をイかせてやりたい。

朝哉は中指を蕾《つぼみ》に添えて、下からクニクニと弄《いじ》る。よく濡れているから滑りがいい。あっという間にソレは剥《む》き出《だ》しになる。

「やっ……あっ……ダメっ。怪我が……あんっ」

「動いてない、触れてるだけだ。だからヒナが動いて。ほら、俺の指に擦《こす》り付《つ》けて」

「やん……は……っ……ああっ！」

「いいよ、上手だ。俺の指で擦《こす》れてプックリ膨らんできた」

「いやぁ……そんなこと……言っちゃ……ダメ……」

そう言いながらも雛子の腰は止まらない。

内側からトロトロと愛液が溢《あふ》れ、ナカの滑りもグンとよくなる。

これでは先にこちらがイかされてしまう。焦った朝哉が蕾《つぼみ》をつねると、雛子が嬌声《きょうせい》を上げて絶頂を迎えた。腰をブルッと震わせ、シーツに両手をつく。

「……ヒナ、思いきりイけた？」

「ん……イった……」

「本当だ……ヒナが俺のをギュウギュウ締め付けてる。はっ……凄《すご》いな、千切れそう」

「朝哉は？　イってないの？」

「ん……ヒナのエロい姿を見るのに夢中だったからな。でももう限界、今からフィニッシュだ」

「えっ？　……ああっ！」

雛子をイかせて安心したところで、自分の欲も解放する。朝哉はすぐに激しく突き上げ始めた。

再び雛子が悲鳴を上げる。

「やっ！　今イったばかり……っ」

「知ってるっ……もう一回、イけばいい」

「ともっ、駄目っ、傷が……」

「いい、すぐだから」

大きなグラインドで掻《か》き混《ま》ぜて、真っすぐに貫《つらぬ》く。

「ダメっ、ああっ、凄《すご》い！　こんなのおかしくなっちゃう！」

「おかしくなれよ……ほら、もっと声出して」

雛子が仰《の》け反《ぞ》り嬌声《きょうせい》を上げた。

汗で濡れた肌がブラインド越しの光でキラキラ光る。美しすぎて目眩《めまい》がしそうだ。

――この綺麗な顔が、身体が、傷つかなくてよかった。

下から見上げながら、改めてそう思う。

「この身体も啼《な》き声《ごえ》も……全部俺のものだっ！」

ズンッ！　もう一度突き上げる。

「ああっ！　凄《すご》い！」

「はっ……エロいな。うっ、凄《す》っげぇ締めつけ……っ」

全身の血液が先端に集まった。脳が沸騰《ふっとう》し、腰が震える。

朝哉は雛子の敏感な場所に自身をグリグリと押し付けた。

「朝哉、イイっ……あっ、またっ……またキちゃう……っ」

「ヒナ、俺も……イクっ！」

雛子が動きを止め、朝哉はナカでビクンと跳ねる。

「うっ……は……っ……」

数回に亘《わた》って腰をグッと押し付け、すべての熱を放出した。

そして、雛子を抱き寄せ、しっとりした髪を撫《な》でる。

汗ばんだ肌がピッタリくっついて、身も心も幸福感で満たされた。

だけど……

――痛《い》って～！

苦痛を顔に出さないように、その場はどうにか乗り切った。

しかしその後、朝哉が雛子の目を盗んでこっそり痛み止めを貰っていたことがバレ、退院までエッチ禁止令を出されてしまう。

だったらせめて添い寝してほしいと必死でせがんだ甲斐《かい》があり、なんだかんだとベッドでイチャイチャしたのは、二人だけの笑い話だ。

＊

それから十日後。

雛子はベッドに浅く腰掛けると、朝哉にタブレットの画面を見せた。

「ニューヨーク営業所へのメールの返事、これでよかったかしら？」

朝哉が入院してからの二週間、右手が不自由な彼の代わりに、雛子が代筆をしている。

重要な案件は朝哉の言葉をそのままタイピングするのだが、お礼状や簡単なやりとりに関しては、内容も雛子に任されていた。

朝哉は文章に目を通して満足げに微笑《ほほえ》む。

「うん、完璧だ。俺、雛子の書く英語の文章が好きなんだ。柔らかいって言うのかな……ああ、こういう言い回しもあるんだなって」

「そう？　でも、どちらかといえば書くほうが得意なのかも。久しぶりにニューヨーク時代の友達にメールしてみようかしら」

そこで雛子は懐かしいことを思い出す。

「そういえば、私がニューヨークにいた頃、あしながおじさまと英文でやり取りしたことがあったわね」

おじさまに大学の様子を聞かれ、勉強の成果を見せようと、英文で近況報告したのだ。

「あの時ヒナが、プロフェッサー・オムのことを書いてきただろ？　実は俺も在学中は彼のマーケティングクラスを取ってたんだ。一緒だなって嬉しくなった」

「そうだったのね」

朝哉とは大学の先輩後輩なのだ。離れていても、自分たちはちゃんとつながっていた。

そう思うと、心の中がほんわかと温かくなる。

「うん……なあ、ヒナ、今度エッチの時に英語で喘《あえ》いでよ。なんかそそる」

気づけば朝哉の手のひらが、雛子の太腿《ふともも》をサワサワと撫《な》でていた。

——せっかく感慨に浸《ひた》っていたのに！

雛子は意味ありげに動く手の甲をパシッと叩き、朝哉を軽く睨《にら》む。

「今はお仕事中です！　そういうことは……その、また後で」

「うわっ、勃《た》った」

ニマニマしている朝哉を置いてソファーに戻る。朝哉を無視して、秘書としての業務に励むのだった。

そこにヨーコと竹千代が揃《そろ》って現れた。

「センム、記者会見の時間が決まりました。本社の会議室で明日の午後四時から生中継デス。シャチョーも同席されマス。こちらが質疑応答の想定Q＆Aデス」

「チッ、何が記者会見だ。芸能人じゃあるまいし……」

明日の準備をテキパキと進めるヨーコを手伝おうと、雛子は立ち上がる。

「ヒナコは出なくていいと、シャチョーがおっしゃってましたヨ」

「当然だ。ヒナは絶対に好奇の目に晒《さら》させたりしない！」

退院を翌日に控えて、朝哉の身辺が一気に慌ただしくなっていた。

元々人気が出ていたところにあの事件が起こったため、彼に取材の依頼が殺到しているのだ。そこで個別に質問を受ける代わりに、退院後に記者会見するということに決まった。

「退院の時にも玄関前でマスコミが待ち構えているはずデスから、トモヤはこちらのスーツを着てくださいネ」

「なんだよ、記者会見まで待ってくれないのかよ。まあ、マスコミを無視するわけにもいかないか……わかった。院内の美容院に予約を入れてくれ」

「ハイ。それから、ヒナコはトモヤが正面玄関から出ている間にワタシと裏口から脱出デス」

「えっ、私だけ裏口から⁉」

「当然だ。記者が何を言ってくるかわからないし、ヒナがわざわざ嫌な思いをする必要ない」

——でも、それじゃあ……

「私も一緒に出たほうがいいんじゃないかしら」

「ヒナ！」

「ヒナコ、駄目デスヨ！」

雛子は驚く三人の顔をグルリと見渡して口を開く。

「今回の事件の発端は私だわ。記者会見に出ないうえに退院の時にも顔を見せないのは、あまりにも守られすぎだと思う」

「ヒナが発端なんかじゃない！　アイツらが勝手に暴走しただけで、ヒナは被害者なんだ！」

それでも雛子は首を横に振る。

もとはといえば、これは白石家の問題だったのだ。あの二人が自分の従兄弟《いとこ》である事実は変わらないし、雛子がいなければ彼らがあんな凶行に出ることはなかったかもしれない。

自分がもっと上手《うま》く立ち回れていたら、あんな事件は起きなかったのではないかと、どうしても考えてしまうのだ。

「迷惑をおかけした会社や黒瀬家の人たちに負担をかけないよう、自分で動くのが当然だわ。それに、コソコソ逃げ回るなんて真似はしたくないもの」

「だけど……」

「専務、俺も雛子さんの意見に賛成です」

「タケ！」

竹千代曰《いわ》く、世間というのはこちらが隠そうとすればするほど余計に興味を持って、すべてを暴こうと追いかけてくる。下手《へた》をすれば待ち伏せや隠し撮りなど強硬手段を取る者が現れるだろう。だったらいっそのこと二人並んで姿を見せたほうが、今後追いかけまわされることがなくなるのでは？　ということだった。

「堂々と挨拶《あいさつ》をして、これでこの事件はおしまいですと頭を下げれば、マスコミは下手《へた》なことできないでしょう」

そこで朝哉が難しい顔で考え込む。

「……ヒナ、本当にいいんだな。好き勝手なことを言われるぞ」

雛子は真剣な表情でゆっくりとうなずくと、朝哉を見上げて微笑《ほほえ》んだ。

「ええ、大丈夫。だって朝哉も一緒なんだもの。二人でいれば怖くないわ」

「さすがは俺のヒナだ。真っすぐで強い」

「ふふっ、強くさせられたのよ。婚約破棄に比べたら、怖いことなんてないもの」

すると彼が顔を引きつらせる。

「それは黒歴史、今すぐ忘れてほしい」

けれど雛子は、「忘れないわよ。辛《つら》い思い出も、私たちの歴史の一部なんだから」と笑顔で返した。

その言葉に朝哉もうなずく。

「そうと決まれば……ヨーコ、ヒナのスーツと靴を用意してくれ。美容院の予約も追加だ」

「了解デス！」

「俺は警察と警備会社に警備態勢の変更を伝えてきます」

「ああ、頼む、何が起ころうが、俺がヒナの盾になってみせる！」

彼はきっぱり宣言してくれたのだった。


翌朝、病院のスタッフに見送られて正面玄関を出た朝哉と雛子は、沢山《たくさん》のカメラのフラッシュと野次馬の声に囲まれながら揃《そろ》って頭を下げ、世間を騒がせたこととパーティーの招待客を危険な目に遭《あ》わせたことを謝罪した。

「――本日四時からの記者会見で私が皆様のご質問にお答えしますので、彼女のことは今後一切追いかけないでいただきたい」

そう告げた朝哉に肩を抱かれて車に乗り込もうとする雛子へ、記者が質問を投げつける。

「雛子さん、白石兄妹のことはどう思っていますか？　何かおっしゃりたいことはありませんか？」

「黒瀬専務は雛子さんを庇《かば》って怪我されたわけですが、罪悪感はありますか？　痕《あと》は残るんでしょうか？」

「雛子、行こう」

背中を押す朝哉に笑顔を見せて、雛子は記者に向き直った。

「大地さんと麗良さんとは幼い頃から何度か顔を合わせた従兄弟《いとこ》同士です。こんな結果になってしまって残念ですが、私は朝哉さんを譲ることはできないし、彼以外を好きになることもできません。もしそのことで事件を起こしたのだとしたら、ごめんなさい……と言うしかないです」

「恨みはないんですか⁉」

「私に対することでは……恨むというよりは残念な気持ちだけです。ただ、朝哉さんを傷つけたことは怒っています。このことだけは、どれだけ謝られたとしても一生許せないでしょう。彼の傷は私の傷です。一生背負っていきます」

そこで朝哉が後の言葉を引き受ける。

「私は怪我をしたことを後悔していません。この傷は彼女を守りぬいた証《あかし》です。勲章なんです。もしも傷を負ったのが顔面だったとしても、それが一生残るものであっても、私はそれが彼女じゃなかったことを喜び、自分を誇りに思うでしょう。それに……」

彼はフッと微笑《ほほえ》んで、雛子を見つめる。

「傷が残って彼女が罪悪感を持ってくれるのなら、私的には万々歳《ばんばんざい》、むしろラッキーですね。だってそれなら、彼女が私から逃げていくことは絶対にないでしょうから」

そう言って、三日月《みかづき》のように目を細めた。

途端にギャラリーから拍手が沸き起こり、それまで騒がしかった記者たちが一斉《いっせい》に黙る。

二人が車に乗り込んで遠ざかっていくまで、その場にいた全員がカメラのシャッターを押すのも忘れて立ち尽くしていた。

そして、午後四時からの記者会見も大成功に終わった。

その様子を雛子は、朝哉のマンションでテレビ画面越しにヨーコと見守る。

注目度の高い事件なだけあって会議室の席はすべて埋まっていたが、記者からの質問のすべてに朝哉が淀《よど》みなく答えていく。彼は終始自分を悪者にして雛子を庇《かば》うことに徹していた。

婚約者として、人生のパートナーとして、いかに彼女が素晴らしい人物であるか、彼女のためなら傷どころか命をかけても惜しくないと、熱く語りかける。

『世間では、身を挺《てい》して恋人を庇《かば》った王子様だと、今まで以上に黒瀬さんのファンが増えているそうですが』

そう、とある記者が質問した。

『王子様ですか……颯爽《さっそう》と現れるどころか、怪我を負って彼女に心配かけた時点でダサイと思うんですけど……彼女にも王子様に見えてましたかね。だとしたら、怪我を負っても本望ですが……あなたはどう思いますか？』

朝哉が最前列の女性記者に柔らかい笑みで問いかけると、その記者はガタッと立ち上がり、『カッコいいです！　どこからどう見ても王子様ですっ！』と顔を真っ赤にして答える。その場がドッと盛り上がり、ハハッと笑った朝哉に向けて沢山《たくさん》のフラッシュが焚《た》かれた。

もちろん優しい記者ばかりではなく、意地の悪い質問をする者もいる。

『白石麗良容疑者を勘違いさせるような言動があったのではないですか？』

『危険を察知していたのなら、婚約披露パーティーを中止にすべきだったのでは？　浮かれていたのではないですか？』

それらの質問にも、朝哉は狼狽《うろた》えることも声を荒らげることもなく、真摯《しんし》に答えていく。

それは非常に好印象で、テレビの前の視聴者にも概《おおむ》ね好意的に受け止められたようだ。

この記者会見の直後から、クインパス株が一気に高値をつけた。

＊

「――ただいま～」

「おかえりなさい！」

記者会見を終えた朝哉がマンションのドアを開けると、雛子がパタパタとスリッパを鳴らして駆けてきた。そしていつものように彼に飛びつこうとして躊躇《ちゅうちょ》する。

「ヒナ。どうしたの？　抱きついてくれないの？」

朝哉が両腕を開いてみせて、ようやく彼女は胸にポスッとおでこをつけてきた。

「今日はお疲れ様でした。傷はどう？　まだ痛む？」

「ハハッ、そんなことを気にしてたのか。もう抜糸も済んだし、第一、病室であれだけ激しく動いてたのに、何を今さら」

「もっ、もう！　せっかく労《ねぎら》ってあげたいって思って……んっ」

怒って上を向いたところに、朝哉はすかさずキスをする。

「大丈夫かどうか、教えてあげるよ」

けれど、そう耳元で囁《ささや》いて腰を引き寄せると、雛子は胸を押して離れていく。

「朝哉、恥ずかしいから」

「……イチャつくのはワタシが帰ってからにしてくださいネ」

リビングからひょっこり顔だけ出したヨーコが、ジトッとした目つきでこちらを見ている。

「ごめん、ヨーコもいたのを忘れてたわ」

「ウキ～ッ！　邪魔者が帰ってキタ！　さっきまでヒナコと二人、トモヤの悪口で盛り上がっていたのに！」

「フフッ、嘘よ。テレビで朝哉の記者会見を見ながら、カッコいいわねって話してたの」

「ハハッ、ヨーコ、ありがとう。車をそのまま待たせてるから、タケに送ってもらってくれ」

「ハイ。トモヤ、本当に今日の記者会見はご立派でしたヨ。雛子がますます惚《ほ》れ直《なお》したって言ってました。よかったデスネ」

玄関でヨーコを見送り、朝哉は今度こそ雛子を抱きしめた。

「ヒナ、俺に惚《ほ》れ直《なお》してくれたの？」

「……うん、惚《ほ》れ直《なお》した」

上目遣いで照れたような彼女の表情に、心臓がギュンとする。

速攻で後頭部を引き寄せその唇を奪った。上顎《うわあご》を舐《な》めてから舌先をジュッと吸うと、雛子の腰が砕けてふらつく。すかさず、彼女の膝裏《ひざ》に手を差し込んで抱え上げた。

「ヒナ……一緒にシャワーを浴びようか」

耳に息を吹きかけ、耳朶《みみたぶ》を甘噛みする。雛子は頬を染めて素直にうなずいた。

そのまま向かった脱衣所でむしり取るように彼女の服を脱がせ、自分も裸になる。

「あっ、でも傷が……」

「ふっ、まだ言ってる」

雛子の視線は目の前の朝哉の左肩で止まっていた。

抜糸後のそこにもう糸は見えないものの、皮膚を縫い合わせた痕《あと》がクッキリと残っている。彼女が遠慮がちにそっと指先で触れてきた。

「……痛い？」

「ん……多少はね。でも大丈夫、徐々に薄くなるよ」

雛子が傷口にそっと唇を寄せ、潤《うる》んだ瞳でこちらを見上げる。

「朝哉、愛してるわ……もう私のために怪我なんてしないでね」

そして朝哉の首に手を回して引き寄せると、自ら唇を開き舌を絡めた。

深いキスを交わした後でチュッとリップ音をさせながらゆっくりと顔を離す。

「はっ……積極的。俺を誘ってるの？」

「うん……誘ってるの。ダメ？」

「ダメなわけないだろっ！」

だけど……

「ヒナが上で腰を振ってくれるのもよかったけど、今夜は久しぶりに俺が抱きたい」

朝哉は雛子の手を引きバスルームに入った。

「朝哉……記者会見、ヨーコさんも褒めてたわ。完璧だったって」

「そう？　あとで社長と会長が褒めてくれたから、上手《うま》く受け答えできてたとは思うんだけど……ヒナ、壁に手をついて足を開いて」

そう言いながら、ボディソープを手に垂らす。

雛子に後ろから抱きついて、左手で胸を、右手で花弁の上を丸くマッサージしていった。

「私のことも褒めてくれてっ……あんっ、ありがと……っ、あっ、ソコだめっ！」

「俺は本当のことを言ったまでだよ……ここ、触っちゃダメなの？　だけどエッチな液がいっぱい出てるよ。気持ちいいだろ？」

割れ目に沿って撫《な》で上《あ》げていると、蕾《つぼみ》がツンと勃《た》ってくる。ソコを重点的に攻め立てた。

ヌルヌルと擦《こす》り上《あ》げ、指先で左右に揺らす。

「ヒナっ、俺のどこが、カッコよかった？」

「んっ、あっ、王子様みたいでっ……ああっ！　刺激が、強すぎるっ」

雛子が脚を閉じようとするところに膝《ひざ》を入れて阻止すると、蜜壺に指を二本突っ込んで掻《か》き混《ま》ぜた。グチュグチュという音はボディソープか愛液か、滑りがいい。

右手で抽送《ちゅうそう》しつつ左の指の腹で蕾《つぼみ》をクルクルと擦《こす》ってやると、彼女は背中を反らして苦しがる。

「あっ、やっ、きちゃう……あぁっ！」

蜜壺がキュッと締まって雛子が達したところで、今度は湯に入って浴槽のふちに手をつかせた。

すぐにバックで挿入すると、彼女が嬌声《きょうせい》を上げる。

「ああっ、凄《すご》い！」

「ヒナはいやらしいな。王子様に後ろから突かれて喜んでる」

「いやだ、そんなこと……っ、言わないでっ、あんっ、あっ」

「うわっ、締まった！　ヒナはいじめられるのが好きなの？」

「もう、いやだっ、バカっ！　あっ、ああっ」

雛子をいじめるつもりが、ギュウギュウ締め付けられて自分のほうがヤバイ。

ぐっと吐精感を耐えて、目の前の白い肌に漲《みなぎ》りをパンッと打ち込む。

「あっ、嫌っ……ダメぇ！」

言葉と裏腹に本気で嫌がっていないことは、鼻にかかった甘い声と、自ら腰を高く突き出していることから丸わかりだ。

彼女をもっと喜ばせたくて、その声をもっと聞きたくて、朝哉は腰をグリグリと押し付け奥深くを穿《うが》つ。バシャッと湯が波立ち、しぶきが跳ねた。

「ああ……ん……ダメ……っ…」

——はぁっ、堪んないな。

病室のベッドでの行為も背徳感があって滾《たぎ》ったが、こうして自分の下で可愛く啼《な》いている雛子もやはりいいなと思う。

右手と左肩を包帯でグルグル巻きにされている間は思うように動けなくて、雛子一人に頑張らせてしまった。それはそれで、上で乱れるヒナの珍しい姿が見られて感動したけれど……

こうして白い肢体を組み敷いて思う存分感じさせてやれる状態こそ、男としてのプライドが満たされる。

――まあ、ヒナを抱けるならどんな形でも最高なんだが。

本当は傷口がまだ痛むし、動くたびに引《ひ》き攣《つ》れる感覚があって、思う存分動けるとは言い難い。

――それでももう、止まれるかよっ！

脳内にドーパミンが大量に分泌されて、痛みよりも快感を貪欲に求めている。

いや、痛みがあるおかげで、自分が生きて雛子を抱けている喜びを実感しているのだ。

――そうだ、俺は今、生きている……

命の危機を乗り越えて、二人のマンションで愛する女性を抱いている。それがひたすら嬉しい。

「俺は……生きているんだっ！」

目の前の腰をさらにグイッと引き寄せて、柔らかい肌に指を食い込ませた。ギリギリまで引き抜いた剛直を、最奥めがけて突き立てる。

ズンッ！

「ああーーっ！　やっ、凄《すご》い……っ！」

「は……っ……ヒナ、腰を振って」

二人の動きをシンクロさせ、徐々に抽送《ちゅうそう》を速めていく。締め付けが強くなり、朝哉自身も限界に近づいた。

先端に熱が集まり腰が震える。

「はっ……ヤバっ……気持ちい……」

腰に角度をつけると、既《すで》に知り尽くしている雛子の快《よ》い部分に先端を擦《こす》り付《つ》けた。鈴口を引っ掛けるようにして執拗《しつよう》に攻め立てる。

雛子が浴槽のふちに顔をつけ、猫が伸びをするみたいな体勢になった。

「あっ、ダメっ！　あっ、あっ……」

「俺も、もうっ」

「やっ……イクッ！」

雛子が背中をブルッと震わせ、嬌声《きょうせい》を上げて絶頂を迎える。同時に朝哉をギュウッと締め付け、根元から扱《しご》いた。

「はっ、う……っ！」

朝哉の漲《みなぎ》りもビクンと跳ねて、快感を解き放つ。

「は……」と吐息《といき》を漏らして朝哉は漲《みなぎ》りを引き抜き、白く丸い尻の谷間に白濁液を吐き出していった。

自分のモノで雛子の背中を汚している。そう思うと、歓喜で胸が満たされる。

朝哉は興奮で痛みを忘れ、寝室に場所を移して明け方近くまで雛子を抱き続けたのだった。


「――あれっ？」

翌朝、朝哉が目を覚ますと、隣に雛子がいなかった。

キッチンのほうからほんのりと香ばしい匂いが漂《ただよ》ってくる。きっと遅めのブランチを作ってくれているのだろう。

――昨日は思いきり激しくしたから、ヒナだって疲れてるだろうに……

何か手伝おうと気だるい身体をゆっくり起こすと、サイドテーブルの上に、淡いピンクの封筒が置いてあるのが目に入った。

オモテの宛名は『黒瀬朝哉様』。

――えっ、俺宛ての手紙？

封筒の裏側に書かれた差出人は白石雛子となっている。

ペン習字の見本みたいに丁寧で細い文字。

間違いない、これは雛子から朝哉宛ての手紙だ。

「ヒナから？　どうして……」

雛子に聞いてみようと思ったものの、立ち上がったところで思いとどまる。

わざわざ枕の上に置いていったということは、ここで読んでもらいたいというメッセージに違いない。

朝哉はベッドサイドに腰掛け、ゆっくり深呼吸してから封を切る。そして、中から二つ折りの分厚い手紙を取り出した。

黒瀬朝哉様

こんにちは……と改まって書くのも変ですね。

ですが、お手紙の書き出しに挨拶《あいさつ》がないと落ち着かないので、やはり無難な言葉から始めさせてもらいます。

朝哉、こんにちは。

突然の手紙に驚かれたことと思います。

よく考えると、私が朝哉宛に手紙を書くのはこれが初めてなのですね。

『あしながおじさま』とはあんなに頻繁にメールのやりとりをして、朝哉ともスマホでのメッセージ交換はしているのに、ちゃんと手紙を書いたことがなかったという事実に昨日気がつきました。

朝哉。昨日のあなたの記者会見を見て、そして無事にマンションに帰ってきたあなたの姿を見て……私がどれだけ感動し、胸をときめかせたかわかりますか？

画面の向こうのあなたは、まさしくクインパスグループの専務であり後継者、そしてアイドルであり、絵本から飛び出してきた白馬の王子様でした。

そして私は、テレビを見て騒いでいるミーハーな一視聴者であり、蕩《とろ》けるような笑顔に頬を赤らめているあの女性記者と同じ目線で、あなたに見惚《みと》れていました。

その時ふと思ったのです。

こんなに沢山《たくさん》の女性を虜《とりこ》にし、夢中にさせている男性を独占しているのに、私はそれに見合う努力をしてきただろうか……と。

初めて会った時から朝哉は積極的で、惜しみなく愛の言葉を注いでくれました。そして私を追いかけてくれました。

だから私にとってはそれが当然で、あまりにも自然すぎて、自分から必死になって追い求めるということがなかったように思います。

とはいえ、婚約者となった今頃『追いかける』というのも変ですし、『振り向かせる』というのも違う気がします。

今のこの気持ちをどう伝えたらいいのかわからなくて考えてみたのですが、その結果行き着いたのが、『素直に憧れの人への言葉を綴《つづ》ろう』ということでした。

だからこれは、私から朝哉に贈る初めての手紙――白石雛子から黒瀬朝哉様に宛てたファンレターです。

思いついたことを思いついたままに書いていくので、まとまりのない文章になると思いますが、最後まで読んでもらえたら嬉しいです。

まず最初に、朝哉、初めてあなたと出逢ったのは七年前の冬でしたね。

あのパーティーであなたを見た時の第一印象は、ハッキリ言って『遊んでそうだな』でした。

悪い意味ではなく、あなたほどの男性ならモテないはずがないし、いくらでも相手を選び放題だと思ったんです。

王子様のようにキラキラしていて、エスコートも完璧。社交的で物怖《ものお》じしないあなたが誰とも付き合ったことがないなんて、誰が信じられますか？

それでも、あの時あなたの手を取ったのは、『これからもっと好きになると思う』、『後悔するのは嫌なんだ』というあなたの言葉がスッと心に入ってきたからです。

私だってあなたとの縁を拒絶して後悔したくなかったし、これからきっと好きになると思った。

いいえ、きっと一目会ったその瞬間に、私はもう恋に落ちていたのだと思います。

そのあなたに想われて、全身全霊で大事にされて……私はなんてしあわせ者なんでしょうね。

あなたに感謝しなくてはいけないことがあまりにも多すぎて、どうやってお返しをしたらいいのかわかりません。あなたは既《すで》に、地位も名声もお金も美貌《びぼう》も溢《あふ》れる才能も、すべてのものを手に入れてしまっているから、私から贈れるものがないのです。

だけど唯一、私しかあなたにあげられないものがあると気づきました。

朝哉、私のすべてをあなたに捧《ささ》げます。

自惚《うぬぼ》れていると笑わないでください。

あなたは私のことが大好きで、私がいないと生きていけないのでしょう？

私にはわかるのです。私も、あなたがいないと生きていけないから。

だからね、私は毎日あなたのために料理を作って、あなたのために微笑《ほほえ》むわ。

あなたが望む愛の言葉を口にして、あなたが癒《いや》されるまで抱きしめるの。

私の身も心も、笑顔も声も、涙でさえも、ぜんぶあなたのもの。

そうやって、私はあなたと生きていきたいのです。

いいでしょう？

最後に……朝哉、本当に本当にありがとう。

七年前の、幼かった十五歳の私を好きになってくれて、ありがとう。

十六歳の誕生日にプロポーズしてくれて、ありがとう。

私のために悪者になってくれて、ありがとう。

あしながおじさまになってくれて、ありがとう。

あきらめないでいてくれて、ありがとう。

迎えに来てくれて、ありがとう。

もう一度プロポーズしてくれて、ありがとう。

あなたの婚約者にしてくれて、ありがとう。

命懸けで守ってくれて、ありがとう。

他にもまだ数えきれないくらい沢山《たくさん》のありがとうがあります。

全部、全部、ありがとう。

これからも私は、あなたのファンでパートナーで恋人であり続けます。

婚約者であっても、妻であっても、そして母親になっても、おばあちゃんになっても……ずっと
ずっと、あなたを愛し続けます。

朝哉、私を愛してくれてありがとう。
そして、心から愛しています。永遠に。
白石雛子
ＰＳ．恥ずかしいから読んだら捨てちゃってください。また額縁に入れたりしたら、絶対に許さないんだから！

「――うっ……グスッ、ううっ……」

手紙にポタッと滴《しずく》が落ちて、朝哉は慌ててそれをシーツに置いた。

――くっそ……俺泣いてんのかよ、ダサっ。

雛子に関することだと、どうにも涙腺が弱くなる。泣き虫で女々《めめ》しいダサ男だなんて思われたくないのに……。

ティッシュボックスを抱え込んで涙を拭《ぬぐ》い、鼻をかんだ。

いつもなら食事の準備ができたと呼びに来そうなものなのに、雛子はまだ部屋に入ってこない。

きっと手紙を読み終わるのを待ってくれているのだろう。

もう少しここで時間を潰したほうがいいかもしれない。泣き腫《なは》らした顔なんてカッコ悪いにもほどがある。

――いや、構わないか。

彼女はどんな朝哉を見たって、馬鹿にしたり嫌ったりなんてしない。

どんなに情けなくても、みっともなくても、天使のように柔らかく微笑《ほほえ》んでくれる。『馬鹿ね』と呆《あき》れたように言いながらも、朝哉を丸ごと包み込んでくれる。

――そんな彼女だから、俺は……

朝哉は右手で手紙を掴んで立ち上がった。

振り向くと、白い壁には、お揃《そろ》いの額縁が二つ。

一つ目は雛子がくれた最初の手紙、二つ目はあしながおじさんの正体がバレた時の手紙が飾ってある。両方共、『あしながおじさま』宛てだ。

そうか、雛子から自分宛ての手紙は初めてだったか、と改めて気づく。

「そうか……ヒナが初めて俺に……」

ジワジワと喜びが込み上げて、叫びだしたいほどの歓喜に変わる。

「よっしゃ～！」

傷が痛むのも忘れてグッと握り拳《こぶし》を作った。

――また額縁をオーダーしなくちゃな。

雛子は『恥ずかしい』と怒るだろう。

それでもきっと最後には、『馬鹿ね』と言って許してくれるのだ。

「ヒナ～！」

まだ赤く潤《うる》んだ瞳をそのままで、朝哉は寝室のドアを勢いよく開けて飛び出した。

6　前略、あしながおじさま

午後七時過ぎの空港は、お盆中ということもあってかなり混雑していた。

それでもファーストクラス専用の高級ラウンジは、別世界のように静かで落ち着いた雰囲気だ。

飛行機が見渡せる窓際の席で雛子が寛《くつろ》いでいると、目の前のテーブルにカチャリとティーカップが置かれる。

「朝哉、ありがとう」

「どういたしまして」

彼は自分用のコーヒーもテーブルに置いて、雛子の向かい側のソファーに腰を下ろした。

雛子がロイヤルミルクティーを一口飲むのを見届けて、「ふはっ」と噴き出す。

「えっ、やだ、何？」

顔に何かついているのかとバッグからミラーを取り出そうとする雛子を、彼が止めた。

「違うよ、ヒナの顔は相変わらず綺麗、問題ない」

「じゃあ、何？」

「いや、一年前の今頃は、ニューヨークの空港のラウンジですっごい怖い目で睨《にら》まれたな……って思い出して」

雛子は視線を斜め上に向けて少し考えてから、「ふふっ、そうだった」と笑う。

「今こうして笑顔で向かい合っているのが奇跡みたいでさ」

「そうね。しかも今度は新婚旅行ですもの、本当だ、凄《すご》い！」

そう、今日これから二人は、三泊四日の新婚旅行でハワイに出発する。

そして、朝哉のクインパスアメリカ支社長就任に伴い、そのままニューヨークに向かうことになっているのだ。

まだあれから一年。

たった一年の間に二人の関係はめまぐるしく変わった。

元婚約者、専務と秘書、恋人同士、婚約者、そして結婚して夫婦に。ニューヨークでは、社長と秘書という肩書が新たに加わる。

二人が結婚したのは今年の三月。雛子が二十三歳になってすぐの週末に、思い出のホテルで披露宴を挙げた。

その場で定治が、九月からアメリカ支社の社長に朝哉が就任すると発表したのだ。

昨年末からクインパスがアメリカの中堅医療機器メーカーとの間で友好的M＆Aを進めているのは、企業人の間では有名な話だった。

それまでクインパスはカリフォルニアとニューヨークに営業所を置いていたが、開発も製造も日本で行っていたため、営業所はあくまでも受注、販売を行うのみ。

しかし今回の企業買収により、今後は開発と製造も現地で進められるようになり、アメリカの現状に合った独自の製品を作っていけることになる。

つまり定治の発言は、M&Aが正式に締結したことを意味し、本格的なアメリカ進出をするにあたり、その総指揮、運営を若き次期クインパストップに委《ゆだ》ねるという意味なのだ。

「――みんな驚いてたわね、朝哉のアメリカ行き」

「まあ、アメリカから帰ったばかりだし、あと数年は社長の下で足場を固めると思ってただろうな」

今回のM&Aを中心となって進めたのは、他でもない朝哉と雛子だ。

雛子は大学の友人の一人から、『後継ぎがいない中堅医療機器メーカーの社長が企業を丸ごと大手に売却できないか検討中だ』という情報を得て朝哉に話した。それが、他社よりも早く交渉に乗り出すきっかけになったのだ。

ニューヨークでの実際の調査と活動は、以前時宗に朝哉が命じられた、『クインパスの利となる親友を在学中に最低三名作れ』が役立った。結果、合併後の運営も朝哉と雛子に任せたほうがいいだろうという定治と時宗の判断で、二人のアメリカ行きが決定したのだった。

『俺もヒナとニューヨークに行きたいと思ってたんだよね。楽しみだな〜』

――そんなふうに朝哉は言っていたけれど……

雛子は内心、今回のニューヨーク行きは、朝哉が望んだことなのではないかと思っている。

もちろんニューヨークが好きだからとか、向こうで雛子とのんびりしたいとか、そんなお気楽な理由ではない。

『雛子の安全確保とプライバシー保護』のためだ。

あの婚約披露パーティーの事件以降、朝哉と雛子は世間に顔が知れ渡り、街で握手を求められたり写真を撮られたりするようになった。目の前でスマホのレンズを向けられたなら拒否ができるけれど、隠し撮りされたらどうしようもない。雛子は徐々に外に出るのが怖くなっていた。

そして何より朝哉が心配しているのは、従兄弟《いとこ》の大地と麗良のこと。

大地は麗良に騙《だま》されて事件に協力させられた点と大いに反省していることが考慮されて、懲役三年、執行猶予五年の判決が下されていた。

麗良は殺意を持って計画的に雛子を襲ったこと、そして朝哉に大怪我を負わせたことから五年の実刑判決が下り、刑務所に収監中だ。

二人とも朝哉と雛子に接近禁止命令が出されているが、そんなものは守るつもりがなければ意味がない。朝哉は犯人の処遇や出所情報の通知を被害者が受けられる制度を申請していた。

さらに、これはたまたま竹千代との電話を立ち聞きしてしまったのだけど、朝哉は竹千代を通じて興信所に叔父一家の動向を調べさせているらしい。

『麗良の出所時期には、絶対にヒナを日本にいさせるわけにはいかない』

そう彼が話しているのを聞いた時、日本に帰国してたった一年でニューヨークに戻ることになった理由がわかったような気がした。

『ヒナは俺と結婚したのであって、クインパスに嫁入りしたわけじゃない。気乗りのしない会社のパーティーや重役連中との付き合いなんてしなくてもいいんだ』

そんなふうに言ってくれる朝哉だから、雛子のために日本から離れることを選んだ……その考えは大きく外れていないのではないかと思う。

――だって彼は、私のためなら命さえ投げ出してしまうから。

大袈裟《おおげさ》でも自惚《うぬぼ》れでもなく、彼ならそうすると確信している。なぜなら自分も朝哉のためであれば、なんだってする覚悟があるから……

「――本当に楽しみだな、ハワイもニューヨークも」

朝哉がコーヒーカップを片手に笑みを浮かべる。

「そうね、ニューヨークでの生活も楽しみだわ。私たち、一年間も同じ街にいたのに、一度もすれ違わなかったものね」

あの頃はまさか同じニューヨークにいるとは思わず、あしながおじさまだけが唯一の希望だった。

「うん……今度はすれ違うどころか、ずっと一緒だ。新生活が楽しみだな」

ニューヨークでは会社近くのペントハウスを購入済みだ。

ありがたいことに、ヨーコと竹千代もニューヨーク支社に来てくれることになっている。

ニューヨーク行きを打診してみたところ、二人共、迷うことなくうなずいてくれたのだ。

また彼らと一緒に働ける、特にヨーコにはいろいろ教えてもらっている途中だったので、嬉しくて仕方ない。

そして何より、今、目の前には夫となった彼がいて、これ以上ないほどの甘い表情でフンワリと自分を見つめている。

こんなしあわせ、一年前には想像していなかった。

「朝哉、私、今とてもしあわせよ。初恋の人と結ばれて、大切にしてもらって……世界一のしあわせ者だと思う」

「何言ってるんだ。世界一幸せなのは俺に決まってるだろ。ヒナと結婚できたんだから」

——ほらね、やっぱり私が世界一のしあわせ者だわ。

こんなに綺麗な顔にこんなセリフをサラッと言ってもらえるなんて、贅沢《ぜいたく》すぎるにもほどがある。

「そろそろ搭乗口に移動しておくか」

気づくとカップの飲み物が空になっていた。

朝哉がキャリーケースを手に立ち上がって、反対側の手を差し出してくる。

雛子はその手を握って立ち上がり、二人並んで歩き出した。

乗務員全員にお辞儀をされながら、一番に機内に乗り込む。

人生二度目のファーストクラスは、前回以上に快適だ。

——だって隣の座席にいるのは、『憎くて堪らない元婚約者』ではなくて、愛する旦那様。

向かい合ってお揃《そろ》いの和食のフルコースを堪能《たんのう》し、睨《にら》むのではなく、熱い視線を絡め合う。

「なあ、凄《すご》くないか？　行き先はヨーロッパじゃないけど、俺がメールで言ったことが一年で実現しちゃったんだぜ」

「えっ？」

「えっ……て、覚えてないの？　俺、言っただろ。『またそのうちにファーストクラスの海外旅行をプレゼントする。今度はヨーロッパなんていいな』って」

「ああ、そういえば……」

空港で雛子が書いたメールへの、おじさまの返事だ。帰国の機内で憎き元婚約者と隣になった。せっかくのファーストクラスが台無しだ……との嘆きに、そうなぐさめてくれたのだ。

あの時は、杖をついた温和な老人と二人でパリの街を散策する姿を想像してみたものだけど……

「ふふっ、本当のあしながおじさまは、私の想像にこれっぽっちも似ていなかったわ」

「俺じゃ不服?」

箸を持つ手を止めて心配そうに眉尻を下げる朝哉を見て、愛《いと》おしくなる。

「……想像以上だったわ。憧れのあしながおじさまが『愛しの旦那様』になった。最高よ」

「うん、俺も最高」

二人は周囲を見渡してから、そっと顔を近づけ唇を合わせた。

他の乗客から見えにくいとはいえ、ドキドキする。

「あ~、ヤバイ……ヒナに触りたい。カハラに着いたら速攻で抱く!」

ハワイではカハラにある黒瀬家所有の別荘で過ごすことにしている。

「朝哉は出発ギリギリまで仕事をしてたんだから、少し休んだほうがいいわよ」

「いや、俺はヒナを堪能《たんのう》すれば復活するから」

「堪能《たんのう》って!」

小声でも、雛子は周囲の耳が気になって仕方ない。それなのに朝哉の顔が近づいてきて、もう一度キスをされた。これじゃ思いきりバカップル。

バカップルついでに、雛子はこそっと本音を伝えておくことにした。

だってせっかくの新婚旅行なのだ。

「……私も早く朝哉に触れたい。カハラの別荘でもニューヨークのペントハウスでも、いっぱい、シよ」

耳元で囁《ささや》くと、朝哉の顔が一瞬でパッと赤くなった。釣られてこちらの頬まで熱くなる。

「俺のヒナが……エロい！　誰がこんなふうにしたんだよ！　俺だよ！　俺のバカヤロー！　いや俺、グッジョブ！」

彼は片手で口元を覆《おお》いながら一人でブツブツ呟《つぶや》き、最後には「飛行機の速度を上げられないか機長に聞いてみる」とまで言い出す。さすがにそれにはお説教した。

そんな賑やかな食事後、朝哉が自分のシートに戻り、座席を倒してウトウトし始める。

ニューヨークに着けば、彼には社長としてやるべきことが山積みだ。今だけでものんびり寛《くつろ》いでほしい。

雛子はシートベルトを外して立ち上がり、膝《ひざ》までずり落ちていたブランケットを彼の肩まで掛け直した。

そして自分の席に戻るとテーブルにパソコンを置き、メール作成画面を開く。

『あしながおじさまへ』

そう文字を打ち込んでみると、久しぶりでとても懐かしく感じた。

あしながおじさまが朝哉じゃなかったら、今頃はまだこうしてメールのやり取りを続けていたのかもしれない。

少し考えてから、雛子はキーボードの上に指を走らせる。

『おじさま、しばらくご無沙汰していましたが、お元気でしたか？』

――おじさま、私、結婚しました。相手は元婚約者の黒瀬朝哉さんです。私は今……とてもしあわせです。

長くて辛い六年間を支えてくれたのは、紛《まぎ》れもなくあしながおじさまの存在だった。

朝哉があしながおじさまだったのは、もちろん嬉しいけれど、あしながおじさまを純粋に慕い、文章だけで心を通わせていた頃も、自分にとっては至福の時間だったのだと改めて思う。

『おじさま、今まで本当にありがとうございました。大好きです。お元気で。心より愛と感謝を込めて――黒瀬雛子』

そして送る宛のないそのメールを書き終え、雛子はパソコンをそっと閉じる。

窓の外には眩《まぶ》しいほどに煌《きら》めく青い空と白い雲。その先にはハワイ、そしてニューヨークが待っている。

雛子はシートをゆっくり倒して目を閉じた。

目蓋《まぶた》の裏に、手を繋いでニューヨークの街並みを歩く自分たちの姿がくっきりと浮かんでいる。

仲良く寄り添いながら歩いて行くその二つの影がやがて三つになると、雛子は笑みを浮かべて深い眠りに誘《いざな》われた。

番外編　Happy Wedding

「オウ、ヒナコ、ベリービューティフルですヨ」

純白のウエディングドレスをスラリと着こなした雛子は、鏡に映る自分の姿を見ながら、ヨーコの言葉に満足して微笑《ほほえ》んだ。

「やっぱりこっちにしてよかったわ。とても悩んだけれど、朝哉がこれがいいって……」

日差しの柔らかい春の朝。

ここは新宿にある高級ホテルの控えの間だ。雛子は今、このホテルのチャペルで行われる結婚式の準備を終えたところだった。

身につけているのは、デコルテを強調したオフショルダーのロングトレーンドレス。朝哉の母、琴子の親友である有名デザイナーがこの日のためにデザインした特注品だ。

デザイナーが出してきたデザイン案はノースリーブバージョンと二種類あったのだが、透《す》け感《かん》のあるレースの長袖が上品だと朝哉が気に入り、袖ありバージョンとなった。

『ヒナを覆《おお》う布は少しでも面積が多いほうがいい。綺麗な肌を簡単に見せてたまるかよ！』という朝哉の発言を専務室で聞いていたヨーコは、このデザインが選ばれた真の理由を知っているのだが、もちろんそれを口にする気はない。

「そのドレスで大正解ですヨ！　新郎の心の安定のためにもネ」

ヨーコの発言に雛子は首を傾《かし》げる。けれど、もうすぐ始まる一大イベントの前にそんなのは些細《ささい》なこと。もう一度鏡をじっと見つめ、世界一しあわせな自分の姿を確認した。

その時ノックの音がして、ヨーコの肩がビクッと跳ねる。

「どなたデスカ？」

彼女はドアノブを掴みながら確認した。すると、外から「俺だ、朝哉だ」と声がし、ヨーコが鍵を開けて朝哉を迎え入れる。

薄く開いたドアからするりと入ってきた、新郎。

彼が着ているシルバーのタキシードは、細身のフロックコートで、ベストとタイとポケットチーフをブラックで合わせていた。スタイリッシュかつ大人の色気を感じさせるデザインとなっている。

彼は相変わらず、どこから見ても完璧な王子様だ。

「何もなかった？」

「ハイ、誰も来てないデス」

そんな二人のやりとりを見て、あの時と同じだな……と雛子は思う。

それは恐怖の婚約披露パーティーの日のことだ。

——ううん、あの日以上だわ。

結婚式はごく限られた身内のみで執り行うことにしているが、披露宴はクインパス御曹司のそれに相応《ふさわ》しく、会社関係者も招いた豪華なものとなっている。

婚約披露パーティーの時に招かれていたのは厳選された約百名のみ。しかし今日の招待客は二百五十名と倍以上で、その顔ぶれは企業重役や外交官、大物政治家にまで及んでいた。

ホテルの外はマスコミや野次馬が取り囲み、警察が出動する騒ぎになっている。

あの日と同じホテルで挙式と披露宴をしようと決めたのは、朝哉と雛子だ。

両方を同じ建物の中で済ませるのは警備上の都合もあるが、あえて事件が起こった場所でお祝いの席を設けることで、会場についた不吉なイメージを払拭《ふっしょく》したいと考えたのだ。

その考えに黒瀬家の面々も大賛成で、もちろん会場となるホテル側にも異存はない。

今回はクインパスと黒瀬家の名のもとに警備が厳重に敷かれ、万全の体制で今日のこの日を迎えたのだった。

——きっと大丈夫。もう恐ろしいことは起こらないわ。

ヨーコとの会話を終えた朝哉が鏡の前の雛子を見やり、口を半開きにして黙り込む。

「朝哉？」

彼はツカツカと雛子に近づくと、もう一度上から下までじっくりと眺め、「誰にも見せたくない！」と抱きついた。

「ヒナ、とても綺麗だ。だけど駄目だ、こんなのを見たら会場の男どもが全員ヒナに惚《ほ》れてしまう」

「「えっ？」」

雛子とヨーコが同時に声を上げる。

「披露宴をしたくない。酔っ払いのジジイどもがヒナに触りそうで心配だ！」

「「はぁっ⁉」」

またしても雛子とヨーコが同時に呆《あき》れ返《かえ》った。

「朝哉、何を言ってるの。今朝入籍して私はあなたの妻になったのよ」

「トモヤ、見かけは王子様なのに言ってることがアホですヨ。ヒナコに捨てられますヨ」

「捨てられる⁉」

ヨーコの発言に朝哉が青ざめる。

「ヒナ〜！」

「ふふっ、馬鹿ね。私が朝哉を捨てるなんてあるはずないでしょ。素敵な旦那様、さあ、これから結婚式ですよ」

「ヒナ〜、好きだ〜！」

口づけようとする朝哉をヨーコがベリッと引《ひ》き剥《は》がし、「新婦の化粧が取れちゃうデショ！　このバカチンが！」と叱責《しっせき》する。

そんなふうに過ごしているところに係員が呼びにきた。いよいよ式場入りの時間だ。

ヨーコと、ドアの外で見張っていた竹千代も、今日は来賓。警備はプロに任せることにして、二人は席に向かう。

一方、朝哉と雛子は係員に先導されて式場へ足を向けた。

チャペルには朝哉と一緒に入場することになっている。

両親のいない雛子のエスコート役に定治と朝哉が名乗りを挙げたのだが、雛子が選んだのは朝哉だった。

『だってヴァージンロードって魔除けの意味があるんだろ？　だったらヒナを守るのは俺に決まってるじゃないか』

そんな彼の言葉が嬉しかったというのもあるけれど、ヴァージンロードには花嫁の過去、現在、未来を表す意味があると聞き、そこを歩くのは朝哉とがいいと思ったのだ。

十代での幼い出会い、辛《つら》い別れ、離れていた六年間、そして再会。それらのすべてを一歩一歩踏みしめて、未来に進んでいく。これから共に生きていく二人、ヴァージンロードも彼と並んで歩きたいと、そう思ったから……

チャペルのドアの前まで来ると、朝哉が真剣な表情で雛子を見下ろした。

「ヒナ、愛してるよ。何があろうとも、絶対に俺が守る、一生」

次の瞬間にはふわりと柔らかい笑みを浮かべ、「さあ行こう、俺の奥さん」と前を向く。

両開きのドアが大きく開けられ、ステンドグラス越しの光とパイプオルガンの音が二人を包んだ。

赤い絨毯《じゅうたん》をゆっくりと進みつつ、雛子はこの感動を噛みしめる。

——しあわせ。

二人が出会って約七年半。そのうちの六年間は離ればなれで、しかも自分は朝哉を憎んだままでいた。

長かったと思う。

だけどその六年間は、恋に溺れた若い二人が冷静になり、成長するために必要な時間だったのだろう。

そして、それぞれの場所で大人になった二人が再会し、こうして結ばれた。

それは決して偶然や奇跡などではなく、朝哉が頑張って切り拓いてくれた道なのだ。

――朝哉、ありがとう、そして愛してる。

掴まる腕にグッと力を込めると、彼がこちらを向いて微笑《ほほえ》んでくれた。

雛子は今、愛する人とヴァージンロードを歩きながら、涙で滲《にじ》む景色を思い出として胸に刻み込む。


「――それではここで、新郎のお祖父《じい》様であり、クインパスグループ会長であらせられます黒瀬定治様より、皆様へのお知らせがございます」

午後三時からの披露宴が滞《とどこお》りなく進行し、終盤となったところで、テレビのバラエティ番組でお馴染《なじ》みの有名司会者に紹介を受けた定治が、鷹揚《おうよう》に立ち上がる。

雛壇の朝哉と雛子も揃《そろ》って立った。

「皆様、本日は朝哉と雛子のためにお集まりいただき、誠にありがとうございます」

定治がスタンドマイクの前で頭を下げると、一斉に拍手が起こる。

本来ならば、先ほど父親の時宗が行った挨拶《あいさつ》が締めとなるのだろう。

しかし、社長職を退《しりぞ》いたとはいえ、定治はまだ社内外に大きな影響力を持つ存在だ。彼が挨拶《あいさつ》をするのは当然という空気があり、皆がその発言に注目した。

「年寄りが出しゃばるのはどうかと思いましたが、この場をお借りして皆様にご報告したいことがありまして、お時間をいただきました」

定治は壇上の二人にニッコリ微笑《ほほえ》みかけると会場を見渡し、朗々《ろうろう》と宣言する。

「今年の九月より、黒瀬朝哉を本社専務と兼任で、クインパスアメリカ支社の社長といたします」

途端にどよめきが起こった。

今の発表はすなわち、アメリカの中堅医療機器メーカー買収完了の報告だ。

それ自体はさほど騒ぎ立てることもないのだが、皆が驚いたのはその社長となる人物だった。

本格的にアメリカへ進出するにあたり、その総指揮を若き朝哉に委《ゆだ》ねる。

妥当な判断とも言えるが、彼は昨年そのニューヨークから帰国したばかり。周囲の誰もがこれから本社で腰を据《す》えて地盤固めをするものだと思っていたのだ。

しかし、ニコニコと相好《そうごう》を崩しながら壇上の孫を振り返る定治と、それに笑顔で返す若い二人の姿を見て、次々と拍手が起こった。

「――そして……」

しばらくして再び口を開いた定治に、皆が注目する。

「このたびクインパスは『NPO法人あしなが雛の会』を設立し、黒瀬雛子が代表を務めますことを、ここでご報告させていただきます」

この『あしなが雛の会』は、日本の未来を担《にな》う優秀な若者への支援を目的としており、日本の高校生の中から学業やスポーツ、ボランティア活動などに優れた実績を持つ人物を選び、進学の援助をする活動を行う団体であると、定治が説明していく。

「給付型奨学金制度により、経済的な理由から進学を断念せざるを得ない環境の若者にチャンスを与えたい。それがうちの雛子の考えです」

『うちの雛子』の言葉に、雛子は朝哉と顔を見合わせて微笑《ほほえ》んだ。

「皆様にも、若き二人の新たな門出を応援してやっていただきたく存じます。今後とも、どうか、どうかよろしくお願い申し上げます」

定治と同時に二人が頭を下げると、会場に温かい拍手が湧き上がったのだった。

＊

披露宴が終わり、ホテルの客室最上階、アメリカの大統領も宿泊したことがあるという最高級スイートで、朝哉と雛子はキングサイズベッドに腰掛けて、一息ついていた。

朝哉にはアメリカ出発前にやらなくてはいけないことが沢山《たくさん》あるため、新婚旅行は夏までお預け。その代わり、今夜からここで過ごす二泊三日が仮のハネムーンとなっている。

「ヒナ、疲れただろう。大丈夫か？」

彼は首のネクタイに手を掛けながら、大役を終えたばかりの新婦を気遣う。

「ええ。緊張が解けてホッとしてるわ」

そう言う雛子が身につけているのは、オフショルダーのプリンセスラインドレス。シルクの濃紺地の上にキラキラ輝くシフォンが重ねられていて、まるで蒼い宝石のようだと朝哉が大層気に入り、お色直し用に購入したものだ。

ドレス姿のまま背中からポスッとベッドに倒れ込むと、彼はベストを脱ぎ捨ててシャツとシルバーパンツ姿で見下ろしてきた。

「ヒナ、緊張したの？」

「もちろん！　だって朝哉の奥さんとして皆様に認めてもらえるかが心配で。私の笑顔、強張《こわば》ってなかった？」

「天使みたいな笑顔だったよ。さすが俺の花嫁だな……って見惚《みと》れてた。キスしたいのを我慢するのが大変でさ」

そう言って、雛子にとろけるような視線を注ぐ。

——もう、本当に甘すぎる！

雛子は軽く呆れた。

確かに、雛壇の朝哉は雛子に見惚《みと》れっぱなしだった。雛子がチラリと隣を見るたびにニコニコ顔の朝哉と目が合うものだから、何度も小声で「恥ずかしい！」、「ちゃんと前を見て！」と注意したほどだ。

……効果はなかったけれど。

「私、皆さんに認めていただけたのかしら」

「当然！　祖父《じい》さんのスピーチを聞いただろ？　籍を入れた後だからって、いきなりヒナを呼び捨てにしてるしさ。おまけに『うちの雛子』なんて言っちゃって、自慢したくて仕方ないんだよ。まったく、俺以上に浮かれやがって」

不貞腐《ふてくさ》れた顔で、「俺のヒナなのに、腹が立つ」と言う朝哉がおかしくて、雛子はフフッと笑う。

「ねえ、本当に私が代表に就任しちゃってよかったの？」

「えっ？　なんのこと？」

「あしなが雛の会よ」

元々この会は、朝哉が考え出した架空の団体だったものだ。いつか雛子と再会したら正式に設立し、自分がその代表になって奨学金制度を実施する計画だったと聞いている。

「私よりも朝哉が代表になったほうが……」

「いや、ヒナでいいんだ。実際に進学を諦めざるを得ない状況に追い込まれたヒナだからこそ、その苦労や心情が理解できる。奨学金を得るに相応《ふさわ》しい生徒はヒナが選ぶべきだ」

そう朝哉は言う。

「ヒナのために作った雛の会だ。ヒナが育てていってよ。俺も協力するから」

「朝哉……」

その優しさに胸が熱くなる。彼はこんなふうにいつだって雛子のために動き、雛子を認め、応援してくれるのだ。

「ありがとう。私、いい奥さんになれるよう頑張るわ」

「頑張るなんて……」

朝哉がギシッとベッドサイドに腰掛け、雛子の手を握った。

そのままその手に口づけて、愛《いと》おしげに見つめてくる。

「ヒナは俺と結婚したのであって、クインパスに嫁入りしたわけじゃない。気乗りしない会社のパーティーや重役連中との付き合いなんてしなくてもいいんだ。とにかく無理はしないで」

そんなふうに言ってくれる朝哉だから、彼のために役立ちたいと、雛子は思う。

六年間、雛子との再会のために孤独な闘いをしてきた朝哉だ。これからは自分が傍《そば》で支えたいし癒《いや》したい。

二度と一人にはさせない……と密かに誓う。

「朝哉こそ無理はしないでね。まだしばらくは忙しいんだから」

朝哉に握られた手を握り返し、彼の指先にキスを落とす。

「朝哉、私と結婚してくれてありがとう。愛して……キャア！」

その時、朝哉がドレスの裾《すそ》をバッと捲《めく》って中に飛び込んできたため、雛子は悲鳴を上げた。

「ちょっ、朝哉！」

「煽《あお》ったヒナが悪い。それに……ハハッ、これ一度やってみたかったんだよな」

スカートの中からくぐもった声がする。

朝哉がガーターベルトを外し、ショーツの上から割れ目に口づけた。

「あっ、んっ……もうっ！」

「ヒナ、怒った？　このドレスのまま後ろから挿《い》れたいんだけど……駄目？」

朝哉が不安げにドレスから顔を出してこちらを窺《うかが》っている。ご主人様に『待て』をされた仔犬みたいだ。

そのわりに右手はずっと動いたままで、ショーツの足ぐりから侵入した指が、蜜口の中をぐちょぐちょと掻《か》き混《ま》ぜているけれど。

「ん……っ、ドレスが汚れちゃうわ」

「うん、だから買い取りにしたんだ」

「嘘っ、そのためだったの⁉」

一度しか着ないからお色直し用のドレスはレンタルでいいと言ったのに、アメリカのレセプションパーティーでも着られるからと、朝哉がお買い上げしてしまったのだ。

口をポカンと開けた雛子に「駄目？」と首を可愛く傾《かし》げてくるあたり、憎めない。

そういえば、婚約パーティーの前にも同じようなやり取りがあったと思い出す。あの事件でそれどころではなくなり、実現はしないままだった。

「駄目……ではないけど……」

「ハハッ、雛子ならそう言ってくれると思ってた」

甘ったるい王子の笑顔で言われ、断れなくなった。

――結局、私は彼がすることなら、なんでも許してしまうんだわ。

雛子はフッと微笑《ほほえ》んで、「朝哉、愛してる」と呟《つぶや》く。

「ヒナ……ヒナっ！」

朝哉が再びバッとドレスの裾《すそ》を捲《めく》って中に入り込んできた。後は指と舌でトロトロに蕩《とろ》けさせられて、雛子は何度も嬌声《きょうせい》を上げながら絶頂へと導かれる。

ご希望の通り後ろからの挿入を果たした朝哉も、やっと自分のものになった新妻の細い腰を掴んでドレスがグチャグチャになるまで激しく抱き続け、二人は朝になるまで何度も果てたのだった。

この作品に対する皆様のご意見・ご感想をお待ちしております。

おハガキ・お手紙は以下の宛先にお送りください。

【宛先】

〒150-6008 東京都渋谷区恵比寿 4-20-3 恵比寿ｶﾞｰﾃﾞﾝﾌﾟﾚｲｽﾀﾜｰ 8F
（株）アルファポリス　書籍感想係

メールフォームでのご意見・ご感想は右のＱＲコードから、
あるいは以下のワードで検索をかけてください。

アルファポリス　書籍の感想　検索

ご感想はこちらから

本書は、「アルファポリス」（https://www.alphapolis.co.jp/）に掲載されていたものを、
改題、改稿、加筆のうえ、書籍化したものです。

婚約破棄《こんやくはき》してきた強引御曹司《ごういんおんぞうし》に なぜか溺愛《できあい》されてます

田沢みん（たざわみん）

2021年 8月 31日初版発行

編集－黒倉あゆ子
編集長－倉持真理
発行者－梶本雄介
発行所－株式会社アルファポリス
〒150-6008 東京都渋谷区恵比寿4-20-3 恵比寿ｶﾞｰﾃﾞﾝﾌﾟﾚｲｽﾀﾜｰ8F
TEL 03-6277-1601（営業） 03-6277-1602（編集）
URL https://www.alphapolis.co.jp/
発売元－株式会社星雲社（共同出版社・流通責任出版社）
〒112-0005 東京都文京区水道1-3-30
TEL 03-3868-3275
装丁イラスト－御子柴トミィ
装丁デザイン－ansyyqdesign
印刷－中央精版印刷株式会社

価格はカバーに表示されてあります。

落丁乱丁の場合はアルファポリスまでご連絡ください。

送料は小社負担でお取り替えします。


ISBN978-4-434-29263-7 C0093